HELGE WEICHMANN
SOKO Ente

ENTE GUT, ALLES GUT! Jungente Charlie und ihre Schar könnten das Dasein am Stadtsee genießen – wenn da nicht diese lästigen Menschen wären! Verschwundene Kinder, geheimnisvolle Taucher und sogar ein Mord sorgen dafür, dass es schnell vorbei ist mit der Beschaulichkeit. Um die Ruhe an ihrem Heimatgewässer wiederherzustellen, fangen die Enten an zu ermitteln. Ihre Detektivarbeit verursacht zunächst heilloses Chaos in der Menschenwelt, sogar der Katastrophenschutz muss anrücken. Doch Charlie und ihre Freunde geben nicht auf. Mit Schnabelspitzengefühl und kuriosen Ideen tasten sie sich voran, bis schließlich alle Fäden in einer einzigen Nacht zusammenlaufen. Dabei gerät die komplette Schar in Lebensgefahr. Kann Charlie für ein Happy Ent(e) sorgen?

Ein tierisches Krimivergnügen, gespickt mit viel Witz und Illustrationen des Autors.

© Susanne Reuber

Helge Weichmann wurde 1972 in der Pfalz geboren und ist seit 25 Jahren in Rheinhessen zu Hause. Während seines Studiums jobbte er als Musiker sowie Kameramann und bereiste zahlreiche Länder, bevor er sich als Filmemacher selbstständig machte. Seine Kreativität lebt er in vielen Bereichen aus: Er betreibt eine Medienagentur, arbeitet als Moderator, fotografiert, filmt, zeichnet und schreibt. Weichmann ist Sammler von Vintage-Gitarren, Weinliebhaber und begeisterter Hobbykoch (allerdings keine Entengerichte).

Bisherige Veröffentlichungen im Gmeiner-Verlag:
Schandfieber (2018)
Schandglocke (2017)
Schwarze Sonne Roter Hahn (2017)
Schandkreuz (2016)
Schandgold (2014)
Schandgrab (2013)

HELGE WEICHMANN
SOKO Ente
Ein tierischer Kriminalroman

GMEINER SPANNUNG

Immer informiert

Spannung pur – mit unserem Newsletter informieren wir Sie
regelmäßig über Wissenswertes aus unserer Bücherwelt.

Gefällt mir!

Facebook: @Gmeiner.Verlag
Instagram: @gmeinerverlag
Twitter: @GmeinerVerlag

Besuchen Sie uns im Internet:
www.gmeiner-verlag.de

© 2019 – Gmeiner-Verlag GmbH
Im Ehnried 5, 88605 Meßkirch
Telefon 0 75 75 / 20 95 - 0
info@gmeiner-verlag.de
Alle Rechte vorbehalten
1. Auflage 2019

Lektorat: Sven Lang
Herstellung: Julia Franze
Umschlaggestaltung: U.O.R.G. Lutz Eberle, Stuttgart
unter Verwendung eines Fotos von: © Eric Isselee / shutterstock.com
und © easyasaofficiala / fotolia.com
Druck: CPI books GmbH, Leck
Printed in Germany
ISBN 978-3-8392-2429-8

Enten und Handlung sind frei erfunden.
Ähnlichkeiten mit lebenden oder toten Wasservögeln sind rein zufällig und nicht beabsichtigt.

DIE WOCHE AM NEUKIRCHENER SEE

*Am **Montag** zwitschert ein seltsamer Vogel dreimal, nacktes Fleisch leuchtet durch die Büsche, der Duke schießt den Pfeil aller Pfeile, ein Leviathan verschwindet im Dunst.*

*Der **Dienstag** dreht sich um Kekse, ein Auto lärmt, Hechte rücken zusammen, eine Kreissäge dringt in die Tiefe, Günter Rocker hat einen schlimmen Verdacht, ein Hai taucht fast auf, am Ende wird einem unerschrockenen Wassermann eingeheizt.*

*Am **Mittwoch** fliegt Laugengebäck, zwei grundverschiedene Drahtgitter werden wichtig, ebenso ein Sommerkrokodil und ein teuflisches Weißbrot, worauf ein merkwürdiges Floß den See überquert.*

***Donnerstags** hallen zwei Schreie, ein Astronaut schwitzt, der Bürgermeister zerstört die Stadt, darüber hinaus sorgen ein sehr kleiner Teich, ein toter Papierkorb und eine Stimme aus dem Jenseits für Unruhe.*

*Am **Freitag** zieht schlechter Odem über den See, eine Erinnerung kommt zurück, Magnus lässt Federn, ein Fisch wird angezogen, eine bekannte Stimme versetzt die Enten in Erstaunen.*

*Der **Samstag** offenbart eine Bazille, worauf eine Ente sinkt und eine lebende Boje vom Himmel fällt, böse Augen blinzeln über das Wasser, es zischen Federn, schließlich steht eine trauernde Unke im Mittelpunkt.*

***Sonntags** erscheint eine grüne Kiste, Schmetterlinge reiben ihre Flügel, eine Prozession fällt auf die Knie, ein Ball landet und eine Ankündigung macht die Enten sehr glücklich.*

Neukirchener Anzeiger

Polizei stellt jugendliche Vandalen am See – Beamter verletzt

Ein verletzter Beamter bei dramatischem Einsatz der Schutzpolizei Neukirchen in der Nacht von Donnerstag auf Freitag.

Von unserer Lokalreporterin Vanessa Kreuzke

Gegen 23 Uhr wurden die Beamten von Anwohnern gerufen, die einen Feuerschein und Stimmen im Naturschutzgebiet am östlichen Seeufer wahrgenommen hatten. Um 23.12 Uhr trafen Polizeiobermeister Wolfgang Ebinger und Polizeimeister Erwin Göbel am bezeichneten Ort ein und stellten eine Gruppe von vier jugendlichen Vandalen. Diese hatten im Buschwerk des Uferbereichs verbotswidrig ein Feuer entzündet, konsumierten Alkohol und spielten über ein Mobiltelefon laute Musik ab. Nach Aussagen der Beamten waren die Halbwüchsigen uneinsichtig und gaben trotzig Widerworte. Die Polizisten wurden der Situation jedoch Herr. Sie behandelten die Täter erkennungsdienstlich und erteilten einen Platzverweis, nachdem sie das Feuer löschen und den Abfall beseitigen ließen. Beim Wiedereinstieg in sein Dienstfahrzeug quetschte sich Polizeimeister Göbel den rechten Mittelfinger in der Beifahrertür. Die Wunde wurde noch in der Nacht von seiner Ehefrau Irma versorgt. Auf Anfrage dieser Zeitung bestätigte sie, dass es ihrem Mann den Umständen entsprechend gut gehe. Sollte sich jedoch in den nächsten Tagen eine Infektion oder der Wundbrand einstellen, so könne ein Verlust des Fingers nicht ausgeschlossen werden. Im Fall der rücksichtslosen Vandalen am See ist also das letzte Wort noch nicht gesprochen.

Würde der Regisseur einer Vorabendserie nach einer hübschen, aber nichtssagenden Kleinstadt suchen, die ein paar nette Häuser, Straßen, Grünflächen und sogar einen See bietet, in ihrer ereignislos-idyllischen Schläfrigkeit jedoch mühelos hinter den Intrigen, Liebeleien und Streitigkeiten der Serienprotagonisten zurückstehen und nichts weiter als eine bloße Kulisse darstellen würde, dann, tja, dann würde dieser Regisseur mit Sicherheit in Neukirchen fündig werden.

Neukirchen ist eine mittelgroße Stadt in einem mittelgroßen Landkreis irgendwo in Deutschland. Ihre Bedeutungslosigkeit lässt sich am besten daran ersehen, dass die in freundlichen Farben gestaltete Homepage www.willkommen-in-neukirchen.de an ihrem unteren Rand den kleinen, in grauer Schrift gehaltenen Vermerk trägt:

Letzte Änderung am 12.4.2017

Doch das Schicksal, das ja bekanntermaßen nicht wählerisch ist, wenn es um Zeit, Ort und Stärke seiner Schläge geht, hat aus einer Laune heraus beschlossen, ausgerechnet in Neukirchen eine geradezu aberwitzige Ereigniskette loszutreten. Eine Woche Zeit hat es sich gegeben, von Montag bis Sonntag, um das beschauliche Leben in Neukirchen durcheinanderzuwirbeln. Später sollten die Leute sagen, sie hätten schon seit Tagen ein ungutes Gefühl gehabt, ja, wie eine elektrische Auflandung in der Luft, ein Ziehen im großen Zeh, nein, den Tieren wäre auch nicht wohl gewesen, doch, man hätte schon etwas ahnen können.

Aber natürlich ahnte man nichts, und deshalb nahmen die Ereignisse ihren Anfang an einem – wie könnte es in Neukirchen auch anders sein – idyllischen und ruhigen Spätnachmittag.

Die Kamera des imaginären Regisseurs schwebt also aus der Vogelperspektive auf das Städtchen zu, sie zeigt die kleine Einkaufspassage und die ebenso überschaubare Fußgängerzone, sie verweilt einen Augenblick beim Brunnen in der Stadtmitte, streift am Rand das gegenüberliegende Bürgermeisteramt und erreicht nach kurzem Flug die Uferpromenade des Neukirchener Sees. Dort herrscht, wie es sich für einen sonnigen Mainachmittag gehört, reges Treiben: Familien schlendern am Wasser entlang, Bootsbesitzer sind am Steg zugange, auf dem Spielplatz nebenan geht es drunter und drüber. Nun gleitet die Kamera über den See und passiert eine Schar müßig dümpelnder Enten, bevor sie den Wald erreicht, der das östliche Ufer begrenzt. Es wird ruhiger, die Stimmen verhallen. Hier erstreckt sich das Neukirchener Naturschutzgebiet, es ist dicht bewachsen und wird lediglich von einigen Forst- und Spazierwegen durchzogen. Die Sonne steht tief, zwischen den Stämmen hängen bereits die Schatten.

Näher und näher kommen die Büsche, die den grünen Uferstreifen bedecken. Die Kamera erwischt gerade noch zwei sommersprossige Jungen, die mit schnellen Schritten den Weg verlassen und ins Unterholz huschen, als sie auch schon mitten in den Sträuchern angekommen ist. Vorsichtig pirscht sie sich voran, als könnte sie jemanden stören. Da – sind da nicht Stimmen zu hören? Gemurmelte Worte, das perlende Lachen einer Frau?

Der Regisseur der Vorabendserie hätte seine helle Freude an dem, was seine Kamera an diesem Montag hier im Naturschutzgebiet filmen würde.

*Am **Montag** zwitschert ein seltsamer Vogel dreimal, nacktes Fleisch leuchtet durch die Büsche, der Duke schießt den Pfeil aller Pfeile, ein Leviathan verschwindet im Dunst.*

»Lass das! Nicht hier!« Die Frau schob den Arm des Mannes von sich. Doch ihre Stimme klang neckisch und strafte die abwehrenden Worte Lügen.

»Ach ja? Und warum nicht?« Der Mann legte erneut seinen Arm um sie, diesmal ließ sie es geschehen. »Hast du Angst, dass uns ein Eichhörnchen zuguckt?«

»Na ja, es kann doch immer mal jemand vorbeikommen.« Ihrem Einwand fehlte es hörbar an Substanz. Der Mann winkte ab und nutzte die Gelegenheit, um sich über die Knöpfe ihrer Bluse herzumachen. Gleichzeitig schaffte er das Kunststück, mit der anderen Hand sein Hemd auszuziehen.

Die Frau ließ nicht locker. »Schau mal, man sieht, dass wir hier reingelaufen sind. Wenn jetzt jemand vorbeikommt, wird er bestimmt neugierig.«

Der Mann blickte leicht genervt nach hinten. Der Schlamm des letzten Regengusses war unter den Bäumen noch nicht vollständig getrocknet. Die Spur ihrer Schuhe – seine groß und flach, ihre klein und mit Absatz – führte deutlich sichtbar zu der eingewachsenen Lichtung, auf der sie sich nun befanden. Erneut wischte er ihre Argumente mit einer Handbewegung beiseite. »Papperlapapp. Wer soll sich dabei schon etwas denken?«

Doch die Sorge der Frau war durchaus begründet. Zwar kannten sich die beiden schon seit vielen Jahren und waren verheiratet, aber nicht miteinander. Das machte die Sache kompliziert, sodass sich ihre amourösen Eskapaden meist auf kurze gegenseitige Besuche oder unbequeme Autogymnastik beschränkten. Heute hatte der Mann das abgelegene Naturschutzgebiet hinter dem See vorgeschlagen, um überraschend auftauchenden Ehepartnern und Bandscheibenschäden vorzubeugen.

Sie schmiegte sich an ihn und drückte ihm einen Kuss auf den Mund. »Hast ja recht. Wir sollten die Gelegenheit …« Der Rest ihres Satzes wurde undeutlich, als sie die Bluse über den Kopf zog. Hastig streifte er seine Hose herunter, rückte seine Boxershorts zurecht und zog den Bauch ein. Plötzlich stockte die Frau mitten in der Bewegung.

»Aua!« Wie ein kopfloses Monster in einem Horrorfilm zuckte sie mit der halb ausgezogenen Bluse hin und her.

»Was ist los?«

»Ich … ich hänge mit den Haaren fest«, kam ihre Stimme undeutlich aus dem Textil.

Der Mann unterdrückte einen Fluch. Heute war aber auch der Wurm drin! Er begann, an der Bluse zu zupfen. Verärgert stellte er fest, dass sich die Knöpfe auf geradezu biestige Art und Weise in ihren Haaren verheddert hatten. Um besser sehen zu können, beugte er sich nach vorn – genau im selben Augenblick, in dem ihr Kopf herausschoss. Hörbar knallte der Schädelknochen gegen seine Nase.

»Uhhh!«, quetschte er hervor, da floss auch schon Blut zwischen seinen Fingern hindurch.

»O nein! Schatz, das war keine Absicht!« Aufgeregt packte sie ihn bei den Schultern, während weiter Blut aus seiner Nase auf den Boden tropfte und er nach einem Taschentuch kramte. Ermattet lehnte er sich an einen Baum und spuckte eine Mischung aus Speichel und Blut ins Gebüsch. Seine Libido war inzwischen am Nullpunkt angelangt, er ahnte, dass es ihr genauso ging. Die beiden schauten sich an – er hielt das blutige Tuch vors Gesicht, sie zupfte ein halbes Dutzend Haare aus den Blusenknöpfen und ließ sie davonfliegen – und mussten wider Willen lachen.

»So ein Schäferstündchen in Gottes freier Natur hätte ich mir, ehrlich gesagt, etwas romantischer vorgestellt«, nuschelte er nasal. Sie nickte und wollte etwas antworten, da hob er die Hand. Eine Sekunde später hörte sie es auch. Ein Auto!

Alarmiert fuhren die beiden hoch. Was um alles in der Welt hatte ein Auto mitten im Naturschutzgebiet verloren?

»Cool!« Lasse war beeindruckt von den Bastelkünsten seines Bruders Jakob. Dieser hatte es geschafft, innerhalb von fünf Minuten aus einem biegsamen Ast und einem Stück Schnur einen Bogen zu bauen.

Jakob zog probeweise an der improvisierten Sehne und schaute zufrieden zu, wie sich das Holz bog. Mit knapp zwölf war er eineinhalb Jahre älter als sein Bruder, deshalb war es wichtig, dass alle guten Ideen und deren Durchführung in seinen Händen lagen. Er spannte den Bogen und prüfte völlig ahnungslos, aber mit fachmännischem Blick die Knoten.

»Schau, wie beim Duke!«

»Boah. Voll wie beim Duke!«, wiederholte Lasse ehrfürchtig.

›Der Duke‹, das war der digitale Actionheld *Duke Nukem*, mit dem die beiden Brüder fast täglich wilde Abenteuer auf ihrer Spielkonsole erlebten. Wenn sie in die Rolle des Dukes schlüpften, waren sie nicht mehr rothaarig, dünnbeinig und mit Sommersprossen übersät, o nein, *Duke Nukem* war ein cooler Held mit Zigarre und mächtiger Bewaffnung, der gegen Aliens kämpfte und diese reihenweise niedermetzelte. Heute Nachmittag allerdings waren sie ohne den Duke unterwegs, denn ihre Mutter hatte sie mit einem Keine-Widerrede-Blick von der Playstation weggeholt und vor die Tür geschickt. Die Begründung lautete, dass bei so schönem Wetter draußen an der frischen

Luft gespielt werden solle. Dummerweise kannten die beiden keine Spiele, die man »draußen an der frischen Luft« spielen konnte. Also entschlossen sie sich, die Abenteuer des Dukes in den Wald am See zu versetzen. Eine gute Basis dafür war Jakobs Duke-Nukem-Rucksack in grünbraunem Armee-Design, in dem sich zwar nur eine halb leere Chipstüte befand, der aber durch ein großes Warnzeichen für Radioaktivität zu beeindrucken wusste. Nach mehreren Kampfübungen, die stets zugunsten von Jakob ausgingen, wollten sie sich nun zusätzlich zum Rucksack ein standesgemäßes Waffenarsenal zulegen, bevor sie nach Hause mussten. Der Bogen entsprach zwar nicht ganz den üblichen Strahlen- und Phaserwaffen des Dukes, war aber ein guter Anfang. Lasse schaute seinen Bruder erwartungsvoll an, was nun zu tun sei.

»Los!«, kommandierte der Große wichtigtuerisch, »such einen dünnen, geraden Ast. Wir bauen einen Pfeil!«

Innerhalb von Sekunden waren der Mann und die Frau zwischen den Büschen verschwunden. Hinter ihnen lag der See, rechts und links versperrte Gehölz den Weg. Also blieb ihnen nur, sich so gut wie möglich zu verstecken. Der Mann hatte das Gefühl, sein blasser, von den Boxershorts mehr als dürftig bedeckter Körper würde wie eine helle Laterne durch das Unterholz leuchten, doch seine Kleider lagen in unerreichbarer Ferne. Das Auto kam näher, trockenes Holz knackte auf dem unbefestigten Boden.

»Forstwirtschaft vielleicht?«, wisperte die Frau.

Ihr Begleiter schüttelte den Kopf. »Viel zu weit entfernt von den Wegen.« Sein Flüstern war kaum zu verstehen, weil er noch immer das blutige Taschentuch auf die Nase presste. »Muss ein ganzes Stück quer durch den Wald gefahren sein.«

Ein massiger Schatten schob sich durch die Büsche und erreichte die Lichtung, auf der sich die beiden vor weniger als einer Minute getummelt hatten. Es war ein grüner Geländewagen, ein edler britischer Range Rover, der nicht nach Forstverwaltung aussah, sondern eher nach Golfplatz, Herrenhaus und Fuchsjagd. Zwei Silhouetten waren darin zu erkennen. Das Nummernschild gehörte zu einer größeren Stadt im Umland.

Der Motor verstummte. Eine Sekunde lang war nichts zu hören außer dem Ticken, mit dem das erhitzte Metall abkühlte.

Die beiden heimlichen Beobachter schauten sich an. Hatte ein anderes Pärchen dieselbe Idee gehabt wie sie, sich aber schlauerweise für eine Unterlage aus Leder statt aus Baumwurzeln entschieden?

Die Fahrertür öffnete sich. Ein Mann stieg aus, nicht allzu groß, aber schlank und von katzenhafter Geschmeidigkeit. Er trug einen schwarzen Anzug, sein Gesicht kannten die beiden heimlichen Beobachter nicht. Der heimliche Lover?

Die amouröse Theorie fiel in sich zusammen, als die Scheibe auf der Beifahrerseite nach unten fuhr und einen zweiten Mann offenbarte, der sich sichtlich unwohl fühlte. Schweißtropfen standen auf seiner Stirn.

»Hör zu, wir ... wir können darüber reden, okay?«

Der andere trat an die offene Scheibe heran. Seine Stimme klang heiser, hatte einen harten, fremdländischen Akzent mit rollendem R und leierte ein wenig. »Vitali hat dir vertraut. Er hat geglaubt, du wärst sein Freund. Und nun?«

Der Mann hinter den Büschen hätte trotz der ernsten Situation fast laut losgelacht. Was war denn hier los? Hatten die beiden ein bisschen zu oft den Paten geschaut und machten einen auf Don Vito Corleone?

»Sag ... sag Vitali, dass ich ihn ...«

Der Heisere unterbrach das Gestotter. »Was würdest du an Vitalis Stelle tun? Sag schon! Was würdest du tun, eh?«

Die Frau warf ihrem Begleiter einen Blick zu, und er sah, dass sie dasselbe dachte. Das Ganze erinnerte an die Generalprobe einer Laienspielgruppe, die einen Schwank über das organisierte Verbrechen aufzuführen gedachte. Fehlte nur noch die versteckte Kamera.

Plötzlich ging alles rasend schnell. Mit einer kaum sichtbaren Bewegung zog der stehende Mann etwas Schwarzes hervor und hielt es in das offene Wagenfenster, drei gedämpfte, pfeifende Zischlaute ertönten. Man hätte sie – gerade hier im Naturschutzgebiet – leicht für den Ruf eines seltsamen Vogels halten können. Doch welcher seltsame Vogel würde den Mann im Range Rover in spastische Zuckungen versetzen und laut aufstöhnen lassen?

»Psssst!« Beschwörend legte Jakob den Finger an den Mund. »Wir müssen total leise sein, hier sind überall Aliens!«

Lasse nickte eifrig und hätte sich vor Aufregung fast verschluckt. Die beiden Jungen waren in ihrem Duke-Nukem-Universum versunken, allenthalben lauerten grässliche Außerirdische, die nur durch den starken Bogen des Dukes besiegt werden konnten. Der dazugehörige Pfeil war aus einem kerzengeraden Ast geschnitzt worden, den Lasse voller Stolz herangebracht hatte. Nun schlichen die beiden geduckt durch das Unterholz und spähten nach imaginären Feinden.

»Da!«, wisperte Lasse und zeigte ins Nichts. »Im Busch!«

Jakob nickte mit heldenmäßig zusammengekniffenen Augen, legte den Bogen an und schoss. Der Pfeil trudelte zwar mehr oder weniger gemächlich ins Unterholz, doch vor dem geistigen Auge der Jungs riss er eine Schneise der Verwüstung in die waffenstarrenden Reihen der Aliens. Kaum hatte Lasse den Pfeil geholt, als er auch schon auf ein weiteres Gebüsch deutete.

»Komm!«, zischte er und zog seinen großen Bruder hinter sich her. »Dahinter ist Dr. Proton. Den kriegen wir!«

Bedächtig hob Jakob den Bogen. Dr. Proton war der gefährlichste Gegenspieler des Dukes. Er musste viel Kraft in diesen Schuss legen.

Ohne es zu merken, hatten der Mann und die Frau ihre Hände ineinander gekrallt. Starr vor Entsetzen beobachteten sie, wie der Killer ohne jede Hast die Waffe verstaute und einen dunklen Aktenkoffer vom Rücksitz nahm. Der andere schnappte derweilen nach Luft und ließ gurgelnde Geräusche hören, während er seine Hände vors Gesicht hob. Sie glänzten vor Blut und machten ihm unmissverständlich klar, dass sein Kompagnon ihm gerade dreimal in den Bauch geschossen hatte.

Der Mann beugte sich zum Wagenfenster herein. »Bestell deinem Bruder Grüße von Vitali, wenn du ihn gleich wiedersiehst.«

Mit einer heiseren Mischung aus Lachen und Husten wandte er sich ab und ging davon. Seine raschelnden Schritte verklangen, nun war der schnappende Atem des Sterbenden überdeutlich zu hören.

»Was ... was ...« Die Stimme der Frau brach weg, doch ihr Begleiter konnte den Satz in Gedanken mühelos vollenden: Was tun? Warten? Die Deckung verlassen? Dem Mann helfen und sich möglicherweise in Gefahr begeben? In seiner Nacktheit kam er sich mehr als verletzlich vor.

Mitten in seinen Überlegungen sah er etwas dermaßen Skurriles, dass sein Mund weit offen stand. Ein dünner Ast kam durch die Luft geflogen, trudelte um seine eigene Achse und landete mit einem metallischen Pling im offenen Beifahrerfenster des Range Rovers. Der sterbende Mann nahm das Holzstück gar nicht wahr, sein Röcheln wurde schwächer.

Eine Sekunde später raschelte es in den Büschen, zwei Jungen mit roten Haaren und Sommersprossen, eindeutig Brüder, erschienen. Einer hielt etwas in der Hand, das wie ein selbstgebauter Bogen aussah. Beim Anblick des Geländewagens blieben sie wie vom Donner gerührt stehen.

»O Kacke!«

Innerhalb eines Augenblicks schrumpfte Jakob von den Ausmaßen des Dukes auf seine normale Größe zurück. Gerade war sein Pfeil mit einem hellen Geräusch gegen irgendetwas geprallt, das sich jenseits des Gebüschs befand. Die Jungs hatten beunruhigt den Rucksack auf den Boden gestellt und waren dem Pfeil nachgegangen.

Nun schluckte Jakob angesichts des Geländewagens. Wenn er einen Kratzer in das Auto gemacht hatte, würde sein Vater ihm das Fell über die Ohren ziehen, das war mehr als gewiss! Immerhin – der Mann, dessen Schemen er auf der Beifahrerseite erkennen konnte, war bis jetzt noch nicht schimpfend ausgestiegen.

Er nahm all seinen Mut zusammen und ging auf das offene Fenster zu. Lasse wollte nicht allein zurückbleiben und folgte ihm.

»Eh, Ent… Entschuldigung.« Jakobs Stimme klang geradezu jämmerlich und un-Duke-mäßig, er räusperte sich und versuchte, etwas erwachsener zu klingen. »Wir, also, wir haben unseren Pfeil hier irgendwohin geschossen und …« Der Satz versickerte, seine Augen wurden groß. Mit dem Mann vor ihm war etwas nicht in Ordnung, er glänzte vor Schweiß und keuchte in kurzen merkwürdigen Stößen. Jakob blickte nach unten und riss seine Augen noch weiter auf, seine Nackenhaare sträubten sich. Alles war rot, der Mann saß in seinem eigenen Blut, der Bauch, der Sitz, seine Hände, die gesamte Beifahrerseite waren wie in rote Farbe getaucht. Das war aber nicht das Schlimmste. Das Schlimmste war der Pfeil – sein Pfeil! –, der aus dem grauenvollen Rot herausragte, als wäre er ein gefährlicher Stachel. Jakob merkte, wie Lasse neben ihm ebenfalls erstarrte. Mit schrecklicher Endgültigkeit drehte der Mann seinen Kopf in Richtung der Jungen. Sein Keuchen verwandelte sich in ein krampfartiges Luftschnappen, er hob seine blutige Hand, als wolle er nach ihnen greifen, dann sackte sie nach unten. Pfeifend entwich der letzte Atem, die Augen des Mannes verdrehten sich.

Jakob konnte seinen Blick nicht von dem Pfeil lösen, der schräg auf dem rot getränkten Bauch des Mannes lag. Eineinhalb Jahre intensives Duke Nukem-Training, unzählige Kämpfe, glorreiche Siege, Massen erschlagener Aliens – all diese heroischen Abenteuer konnten nicht verhindern, dass ihm nun Tränen in die Augen stiegen.

»Wir haben ihn umgebracht«, flüsterte er und merkte, wie der Boden unter ihm zu wanken anfing.

Die beiden Erwachsenen hinter dem Busch waren hin und her gerissen. Einerseits wollten sie aufspringen und die Buben in den Arm nehmen, die gerade zugesehen hatten, wie ein Mensch gestorben war. Andererseits war ihnen klar, dass ihr amouröses Geheimnis dann nicht länger ein Geheimnis bleiben würde. Was tun? Während Gefühl und Rationalität gegeneinander kämpften, kam Bewegung in die Jungs. Wie auf ein geheimes Signal hin fuhren sie herum und rannten in den Wald, als wären tausend Teufel hinter ihnen her. Automatisch hob der Mann seinen Kopf, um besser sehen zu können. Als sich der Größere am Rand der

Lichtung nochmals umwandte, duckte er sich wieder. Er hielt den Atem an. Ihm war, als würde der Blick des Jungen genau die Stelle fixieren, an der er kauerte. Hatte er ihn gesehen? Bevor er einen klaren Gedanken fassen konnte, fingen die Kinderfüße wieder an zu rascheln und sich zu entfernen.

Nach einem Augenblick der Stille fing die Frau hemmungslos an zu weinen und stürzte sich in seine Arme. Er wiegte sie tröstend und versuchte, das wirbelnde Karussell in seinem Kopf anzuhalten.

»Wir ... wir müssen weg hier!« Zwischen Keuchen und krampfartigem Heulen waren ihre Worte kaum zu verstehen. Er nickte langsam, obwohl sie es, an ihn gepresst, nicht sehen konnte.

»Ja. Der Typ ist tot, dem können wir nicht mehr helfen. Die Kinder sind auf und davon, keine Ahnung, wo die hingehören. Wenn wir jetzt großen Alarm schlagen, bringt uns das nur unnütze Scherereien.«

»Wir müssen weg!«, wiederholte sie, als habe er nichts gesagt. »Das Auto soll finden, wer will, ist mir egal. Lass uns unsere Kleider nehmen und abhauen.«

Wieder nickte er. Die Frau trocknete ihre Tränen, schluckte und holte tief Luft. Es tat gut, eine Entscheidung getroffen zu haben. Die beiden standen vorsichtig auf, um einen Blick auf die Lichtung zu werfen. Es folgte tiefste Ernüchterung. Was sie sahen, brachte sie dazu, die letzten zwanzig Minuten nochmals Revue passieren zu lassen: Die Abdrücke ihrer Schuhe führten deutlich sichtbar durch den Schlamm hierher, er hatte den Boden vollgeblutet, ins Gebüsch gespuckt, und ihre von der Bluse abgerissenen Haare waren vom Wind in den umliegenden Sträuchern verteilt worden. Die beiden mussten sich eingestehen, dass sie es selbst mit voller Absicht kaum geschafft hätten, noch mehr kriminaltechnisch verwertbare Spuren zu hinterlassen – und das an einem Ort, an dem gerade ein Mord geschehen war.

Sie saßen ganz schön in der Tinte.

Sechs Stunden später war der Frühsommerabend von der Dunkelheit abgelöst worden, die Betriebsamkeit der Seepromenade hatte sich in nächtliche Stille verwandelt. Nach der Wärme des Tages war es überraschend kühl, Dunst lag auf dem See, milchige Schwaden glitten wie ruhelose Totengeister über das Wasser. Im Naturschutzgebiet ließ allerlei Nachtgetier seine unheimlichen Rufe erschallen, hier knackte es, dort raschelte ein Halm, über all dem stand der Mond als fahle Sichel.

Die Frau spürte, wie Angstschweiß ihren Rücken benetzte. Sie war froh über die beruhigende Gegenwart des Mannes, wenngleich die Aufgabe, die nun auf sie wartete, als Albdruck auf ihr lastete. Die beiden hatten sich Ausreden einfallen lassen, um ihren späten Ausflug den jeweiligen Ehepartnern erklären zu können. Nun schlichen sie in schwarzer Kleidung auf die Lichtung zu. Das Aufatmen des Mannes war deutlich zu hören, als Lack im Mondlicht glänzte. Der Range Rover, er stand noch da. Ihre größte Sorge war unbegründet gewesen.

Die Dunkelheit entfärbte den grünen Wagen und ließ ihn wie einen schwarzen Klumpen aussehen. Sie traten heran und zogen Handschuhe an. Auf dem Weg durch den Wald hatten sie bereits alles besprochen, also gab es nicht mehr viel zu sagen. Die Frau nahm eine Gartenschere aus ihrer Hosentasche und fing an, die Zweige und Büsche zwischen Auto und Seeufer zu kappen. Dabei versuchte sie, mit dem Rücken zur Windschutzscheibe zu stehen, um nicht auf den Toten schauen zu müssen. Hinter ihr knackte Metall, während der Mann die Handbremse löste und die Schaltung in den Leerlauf brachte. Nach einer Minute hatte sie die größten Zweige abgeschnitten, die dunstige Wasseroberfläche lugte hindurch.

»Los geht's«, wisperte der Mann und trat ans Heck des Wagens, sie folgte ihm. Gemeinsam stemmten sie sich gegen das kalte Blech, doch das schwere Auto ließ sich kaum voranschieben. Erst als sie es in rhythmischen Schüben vor und zurück bewegten, kamen die Räder zögerlich ins Rollen. Der Range Rover fuhr nach links.

»Die Lenkung! Schnell!«, keuchte der Mann, der den einmal gewonnenen Schwung nicht aufgeben wollte. Die Frau eilte zur Fahrertür, riss sie auf und griff nach dem Lenkrad. Sie bildete sich ein, Verwesungsgestank riechen zu können. Einen Augenblick lang befiel sie die irrationale Furcht, der Tote könne auffahren und seine Leichenhände nach ihr ausstrecken. Sie kämpfte die Panik nieder und schaffte es, den Geländewagen in eine Rechtskurve zu zwingen. Das Auto wurde schneller, sie hieb eilig die Tür zu. Der Mann stolperte und wäre fast der Länge nach hingeschlagen, weil seine Kraft plötzlich ins Leere lief. Polternd rollte der Range Rover die abschüssige Böschung zum See hinunter, bevor er mit Urgewalt ins Wasser rauschte und eine mächtige Welle erzeugte. Der Mann und die Frau hielten erschrocken den Atem an – das Geräusch hallte weit über das stille Wasser. Doch nichts passierte, kein Licht ging an, niemand brüllte. Mit pochenden Herzen schauten die beiden zu, wie der dunkle Wagen seinem eigenen Schwung Tribut zollte und allmählich vom Ufer wegtrieb. Luftblasen blubberten und ließen ihn Zentimeter für Zentimeter tiefer sinken, doch noch lag das offene Seitenfenster der kastenförmigen Karosserie oberhalb der Wasseroberfläche.

Die Frau starrte der dunklen Silhouette nach. Der geisterhafte Dunst verwischte die Konturen und ließ das Auto in ihrer Fantasie zu einem Leviathan werden, der sein Opfer fest in den stählernen Klauen hielt und sich bereit machte, es in die Tiefe zu reißen.

Kaum wurde der davontreibende Wagen eins mit den Nebelfetzen, da stülpte ihr eine Mischung aus Entsetzen und Erleichterung den Magen um. Sie beugte sich nach vorn und kotzte ihr gesamtes Abendessen auf die Schuhe des Mannes. Zwischen Schüben von Cannelloni (heruntergewürgt, um zu Hause keine Fragen wegen Appetitlosigkeit hervorzurufen) und drei Gläsern Wein (getrunken, um das flatternde Nervenkostüm zu beruhigen) hoffte sie mit jeder Faser ihres Verstandes, dass kein Mensch den nächtlichen See beobachtet haben mochte und niemand unentdeckt in der Nähe lauerte.

Ihr Wunsch ging nur teilweise in Erfüllung. Die Menschen lagen tatsächlich in ihren Betten, doch verborgen im Dunst peilten zwei glitzernde Augen an einem gelben Schnabel vorbei und verfolgten das Geschehen. Eine Ente paddelte unhörbar zur Seite, als der Range Rover auf sie zutrieb und unter Blubbern im schwarzen Wasser versank.

*Der **Dienstag** dreht sich um Kekse, ein Auto erschrickt, Hechte rücken zusammen, eine Kreissäge dringt in die Tiefe, Günter Rocker hat einen schlimmen Verdacht, ein Hai taucht fast auf, am Ende wird einem unerschrockenen Wassermann eingeheizt.*

Ein Geschnatter wie aus tausend Kehlen erklang, gefolgt von Flügelschlagen. Eine Frauenstimme übertönte das Tohuwabohu.

»Nicht alles auf einmal! Sie können sonst daran ersticken!«

Das kleine blonde Mädchen tat das, was kleine blonde Mädchen üblicherweise mit mütterlichen Ermahnungen tun – ignorieren. Es nahm eine weitere Handvoll Kekse und warf sie ins Wasser, ein vielstimmiger Chor gab laut quakend Antwort.

Die Enten am Neukirchener See waren an und für sich eine friedliebende Schar, doch wenn es um Futter ging, verwandelten sie sich in hysterisch schnatternde Furien. Das Wasser schäumte, immer mehr Tiere drängten zu der Kekszone. Das Mädchen kicherte und warf Munition nach. Eine Weile schaute es dem Balgen zu, das zunehmend in einen Nahkampf ausartete. Es wusste, dass die Enten mit den hübschen bunten Federn und den grünen Köpfen die Männchen waren und die mit dem braunen Gefieder die Weibchen. Eines der Weibchen, eine nicht allzu große Ente, hielt sich abseits und machte keine Anstalten, im Keksgetümmel mitzumischen. Mit schief gelegtem Kopf angelte die Kleine einen weiteren Keks aus der Tüte.

»Guck mal! Extra für dich!« Einladend wedelte sie mit dem Backwerk. Die Ente rührte sich nicht. Das Mädchen warf den Keks in ihre Richtung, doch schon waren die anderen Tiere da und machten sich schnatternd darüber her. Die Mutter trat heran und zog das Mädchen mit sanfter Gewalt von der Uferpromenade weg.

»Komm, Laura-Chiara, wir müssen jetzt zum Kinder-Tae-Bo. Wir wollen Sören, Torben und Malte nicht warten lassen.«

»Aber die Ente! Die hat noch gar nichts gefressen«, quengelte die Kleine und zeigte auf die Außenseiterin. Ihre Mutter zerrte sie unbarmherzig in Richtung Innenstadt.

»Lass sie. Vielleicht ist sie krank.«

Krank? Charlie tunkte den Schnabel in den See und fabrizierte ein verächtlich gurgelndes Geräusch. Nur weil man nicht wie eine halb verhungerte Karkasse auf das nächstbeste Süßgebäck losstürzte, galt man als krank. Kopfschüttelnd beobachtete sie die übrigen

Enten, die ihre Schnäbel wie Seiher durch das Wasser zogen, um auch die allerletzten Krümel zu erwischen. Fressgier, das wusste Charlie, siegte bei ihren Mitenten über jede Form der Vernunft.

Sie selbst blieb bei der Krümelschlacht außen vor, allerdings eher unfreiwillig. Die mittelgroße Jungente mit dem hellen Gefiederton litt nämlich an einer Überempfindlichkeit, die schon für einen Menschen lästig war, bei einer Ente jedoch einer mittleren Katastrophe gleichkam: Sie war allergisch gegen Daunenfedern. Jedes Mal, wenn es zu einem enteligen Auflauf kam und die Federn stoben, bekam Charlie einen Niesanfall, schnappte nach Luft und musste sich die Tränen aus den Augen blinzeln. Entsprechend ungern beteiligte sie sich an Massenveranstaltungen wie dem kollektiven Keksgebalge.

Ihre zweite Besonderheit war ein ungewöhnlich waches Gehirn. Charlie beobachtete gerne und tat dabei etwas, das Enten normalerweise nicht tun – sie stellte Fragen. Warum gab es neben den Enten andere Wesen? Was war hinter dem großen Wald und über dem Himmel? Warum wurde es täglich hell und dunkel und im Halbjahreswechsel kalt und heiß? Was wurde aus einer Ente, wenn der Fuchs ihr den Hals durchgebissen hatte? Warum verstanden die Enten die Sprache der Menschen, aber nicht umgekehrt? Diese und viele weitere Fragen wohnten in Charlies Kopf und ließen sie grübeln, während die anderen einem entspannten Entenleben frönten.

Es plätscherte. Hennes, ein gleichaltriger Erpel, kam angeschwommen.

»Isch hab dir wasch mitgebracht. 'sch lecker.« Sein Quaken wurde durch einen halben Keks gedämpft, den er im Schnabel trug. Hennes hatte es sich zur Aufgabe gemacht, beim allgemeinen Essensgetümmel stets eine Kleinigkeit für Charlie zu ergattern und ihr diese wie den Schatz aller Schätze zu präsentieren.

»Hennes, warum haben die Menschen eigentlich so etwas wie Kekse? Warum geben sie uns davon ab?«

Der Erpel tat, als habe er nichts gehört. Fürsorglich weichte er das Gebäckstück ein.

»Und wieso probieren wir es nicht mal umgekehrt und füttern die Menschen mit ein paar Schnecken aus dem Gras?«

Er schob den gewässerten Keks zu Charlie hin und machte eine auffordernde Schnabelbewegung.

»Warum sind sie es, die uns füttern, und nicht umgekehrt? Und was haben sie davon?«

Nun fiel Hennes nichts mehr ein, mit dem er sich ablenken konnte. Als Übersprunghandlung flatterte er mit den Flügeln und seiherte durchs Wasser. Danach, das verriet seine Schnabelstellung, war Charlies Fragenkatalog schon wieder vergessen. Sie seufzte. Für Hennes war die Welt einfach: Der Teich bildete den Mittelpunkt seines Universums, tagsüber wurde darin nach Fressbarem gegründelt, nachts am Ufer der Kopf unter das Gefieder gesteckt, und bald schon würde er sich eine Ente suchen, die ein Nest bauen und die gemeinsamen Eier hineinlegen würde. Diese schlichte Daseinsphilosophie ließen ihn und den Rest der Schar gelöst in den Tag hineinpaddeln. Das Leben konnte einfach sein, wenn man keine Fragen stellte.

Missmutig ordnete Charlie ihr Brustgefieder, achtete aber darauf, keine Daunen in den Schnabel zu bekommen. Die Menschen an der Uferpromenade gingen umher oder standen müßig am Wasser, junge und alte, übermütige und bedächtige, einige sammelten sich und debattierten in ihrer komisch-abgehackten Menschensprache.

Für ihre Mitenten waren die langen, dünnen Zweibeiner nichts als unbedeutende Nebengeschöpfe, deren einziger Daseinszweck es war, mit Brot und Keksen eine nette Abwechslung zum täglichen Schnecken-Einerlei zu bieten. Einzig Charlie ahnte, dass die Menschen mehr waren als Pausenclowns. Denn alles, was es um den See herum gab, die steinernen Nester, die »Häuser« genannt wurden, die Blechdinger, die »Autos« hießen und die auf breiten, flachen Streifen rollten, den »Straßen« ... all das gab es nicht einfach so, nein, dahinter – da war Charlie sich sicher – steckten die Menschen.

Inzwischen hatte sich die Gruppe am Ufer vergrößert, immer mehr Leute kamen hinzu, Stimmen wurden laut. Es ging etwas vor bei den Menschen. Charlie nahm Geschwindigkeit auf und paddelte in Richtung Strandpromenade. Hennes folgte ihr, allerdings eher aus Geselligkeit denn aus Erkenntnisinteresse. In der Mitte der Gruppe standen zwei Männer und redeten aufeinander ein, die Stimmung war nicht besonders gut.

Derjenige, der gerade sprach, war ein guter Bekannter der Enten. Martin, ein langer, dünner Mann mit runder Brille und Vollbart, war oft am See unterwegs und interessierte sich für sie. Charlie hatte aus Gesprächen herausgehört, dass er von den anderen Menschen als »Biologe« bezeichnet wurde. Keine Ente wusste, was ein Biologe war, aber alle mochten Martin. Er unterhielt sie mit allerlei Vorführungen, manchmal brachte er schwarze Kästen mit, in die er hineinsprach und die er dann in Richtung Wasser hielt. Manchmal hatte er Dinge mit gläsernen Röhren dabei, die er sich vors Auge presste und damit die Enten beobachtete. Immer, wenn Martin am Ufer erschien, boten sie ihm eine regelrechte Performance: Sie schwammen durcheinander, quakten und gründelten, was das Zeug hielt. Der dünne Mann war jedes Mal beglückt, rückte seine Brille zurecht und schrieb hastig in ein Büchlein. Die Enten waren zu dem Schluss gekommen, dass ein »Biologe« wohl so etwas wie ein Alleinunterhalter sein musste.

Der andere Mann, der im Mittelpunkt stand, war dicker und hatte einen grauen Schnauzer. Auch ihn kannte Charlie, die Menschen nannten ihn »Bürgermeister« und bemühten sich ganz besonders um ihn.

Wenn er am See erschien, wurde er meist von einer Gruppe anderer Menschen begleitet, oft spielte Musik, manchmal wurden bunte Stoffe an Stangen gehängt und flatterten im Wind. Manchmal gab es aber auch, so wie heute, laute und unzufriedene Worte. Dann schauten die Menschen besonders genau zum Bürgermeister, um zu sehen, ob er nickte, den Kopf schüttelte oder gar nichts tat.

Charlie ruderte ans Ufer, bis ihre Schwimmfüße auf Grund trafen. Es ging hoch her bei den Menschen. Gespannt watschelte sie ans Ufer, schüttelte den Bürzel aus und näherte sich, um ja kein Wort zu verpassen.

»... und wenn wir das zulassen, wird sich das Gesicht dieser Stadt unwiderruflich verändern, und zwar zum Schlechteren! Wir sollten immer dran denken: Erst stirbt die Natur, dann der Mensch!«

Zustimmendes Gemurmel kam aus den Reihen der Zuhörer. Martin wandte sich direkt an den Bürgermeister.

»Herr Pallgraf, ich frage mich, wie Sie heute früh in der Ratssitzung ein solches Bauprojekt genehmigen konnten. Es muss Ihnen doch klar sein, dass eine Appartementanlage am östlichen Seeufer, mitten im Naturschutzgebiet, das Ökosystem des Gewässers nachhaltig beeinflusst und schädigt.«

Eine blonde Assistentin mit Klemmbrett wollte antworten, doch der Bürgermeister trat einen Schritt nach vorn. »Also, Herr Friese, erst mal möchte ich klarstellen, dass es sich um eine vorläufige Genehmigung handelt, die noch keine Rechtsgültigkeit besitzt. Sie werden aber sicher verstehen, dass eine solche Entscheidung unter lokalpolitischen Gesichtspunkten getroffen werden muss. Die ökologischen Überlegungen sind dabei natürlich …«

Martin unterbrach ihn, seine Stimme wurde lauter. »Meine Arbeit untermauert ganz klar, wie sensibel das natürliche Gleichgewicht hier am See ist, und dass eine Bebauung des östlichen Ufergürtels diese Balance nachhaltig stören würde. Die Sauerstoffsättigung ist jetzt schon bedenklich, und wenn weitere negative Einflüsse dazukommen, ist ganz klar, womit wir rechnen müssen: mit einer Algenblüte und mit massivem Fischsterben!«

Erneut holte die Assistentin Luft, kam aber schon wieder nicht zum Zuge. Der Bürgermeister schürzte die Lippen und fuhr sich nervös über seinen Schnurrbart. »Herr Friese, Sie wissen, dass die Stadt Ihre Doktorarbeit in vielfacher Hinsicht unterstützt und wir Ihren Erkenntnissen offen gegenüberstehen. Aber die Frage nach einer Aufwertung des Seeufers, eh, kann, nun ja …«

Diesmal wurde er von einem der Zuhörer unterbrochen, einem großen Mann mit wuchtigem Kinn und kahlem Kopf. Waldemar »Waldi« Asmus war der Besitzer des Bootshauses und betrieb einen gut gehenden Imbiss an der Uferpromenade. »Red doch kein Quatsch, Gerd. Der Klinkhammer schiebt dir 'nen Haufen Steuern und Abgaben in den Stadtsäckel, wenn er seine Angeber-Appartements dort drüben hochzieht, darum geht's doch!« Waldis hängende Schultern ließen ihn ein wenig wie einen schmelzenden Schneemann aussehen, doch er hatte kräftige Arme und half mit, wenn es irgendwo am See etwas zu tun gab. Sein Wort hatte Gewicht.

Gerd Pallgraf fuhr herum. »Waldi, ich verbitte mir die Unterstellung, dass im Stadtrat ökonomische Interessen höher bewertet werden als ökologische«, schnappte er in gewähltem Politikerdeutsch. »Die vorläufige Genehmigung für Herrn Klinkhammers Bauvorhaben wurde aufgrund sorgfältiger Abwägung und unter Berücksichtigung aller Faktoren erteilt.«

Waldi winkte ab. »Jaja, deine Faktoren kennen wir, die klingeln nämlich in der Kasse.«

Ein Plätschern riss Charlie aus ihrer Konzentration. Sie drehte sich um und stellte fest, dass sich die übrigen Enten im Uferbereich versammelt hatten und leise vor sich hin schnatternd den Geschehnissen an Land folgten. Charlie war klar, dass ihnen das Gespräch zwischen den Menschen eher egal war. Die Gedanken ihrer Mitenten folgten einer einfachen Argumentationskette: Viele Menschen bedeuteten viele Kekse. Entsprechend erwartungsvoll starrten die Enten nach oben zur Strandpromenade. Dort waren Kekse im Moment allerdings kein Bestandteil der Debatte.

»Frau Jansen, sagen Sie doch auch mal etwas.« Martin hatte in der Menge eine schwarzhaarige Frau mittleren Alters entdeckt, deren Kostüm teuer aussah, die füllige Hüfte aber nicht ganz kaschieren konnte. »Sie als Anwältin haben mit mir zusammen eine juristische Eingabe vorbereitet, um gegen diese Baumaßnahme vorzugehen und das östliche Seeufer naturnah zu erhalten. Machen Sie dem Herrn Bürgermeister doch mal klar, wie schlecht seine Chancen stehen, die Bebauungspläne durchzusetzen!«

Die Frau fühlte sich sichtlich unwohl im Mittelpunkt des Interesses. Verlegen nestelte sie an ihren Haaren herum. »Nun ja, also, um ehrlich zu sein … Nach Prüfung der Sachlage und unter Einbeziehung einiger Präzedenzfälle sehe ich nicht viele Möglichkeiten, das Bauvorhaben juristisch auszuhebeln. Das, hm, hatte ich anfänglich wohl etwas zu optimistisch eingeschätzt. Tut mir leid.« Sie versuchte ein Lächeln.

Martin starrte sie an. »Was? Das … das sagen Sie mir eben mal so nebenbei? Letzte Woche haben wir doch noch darüber geredet, dass die wissenschaftlichen Untersuchungen am See unbedingt weitergeführt werden müssen, um … um …« Er rang nach Worten.

»Keine Sorge, Herr Friese, diese Sache ist längst noch nicht entschieden.« Ein gepflegter Mann um die vierzig schob sich nach vorne. Er trug einen Anzug, sein Haar war glatt zurückfrisiert und passte zu der ebenso glatten Designerbrille. Die Menge murmelte. Kai Gregorius war Oppositionsvorsitzender im Stadtrat und nicht sehr beliebt, die meisten hielten ihn für einen selbstverliebten Schnösel, der Geld und Profit gegen den Wind roch.

»Ich werde mein gesamtes politisches Gewicht im Stadtrat einbringen, um Ihnen den Rücken zu stärken und dieses ökologisch desaströse Neubauprojekt zu stoppen.« Er wandte sich dem Bürgermeister zu. »Herr Pallgraf, im Namen unserer Bürgerinnen und Bürger fordere ich Sie auf, dieses unsinnige Appartementprojekt zu stoppen, bevor ein intaktes Stück Natur unwiederbringlich zerstört wird.« Mit viel Pathos deutete er auf die Enten, die geduldig in Ufernähe dümpelten und darauf warteten, dass endlich jemand eine Kekstüte hervorholte. »Oder können Sie verantworten, dass diese Entenschar in ein paar Monaten nur noch asphaltiertes Gelände rund um den See vorfindet? Nur noch gemauerte Böschungen und gepflasterte Uferbereiche?«

Die Enten schauten sich an. Sie fanden einen rundherum asphaltierten See durchaus erstrebenswert. Denn das naturbelassene Ufer an der Ostseite mochten sie nicht besonders, man wurde von Insekten gestochen, verhedderte sich beim Gründeln in Wasserpflanzen und musste zu allem Überfluss aufpassen, dass man Mardern und Füchsen aus dem Weg ging. Die gemauerten Uferbereiche an der Promenade hingegen boten behagliche Übernachtungsplätze und Schnecken in Hülle und Fülle, die man aus den Betonfugen herauspflücken konnte. Sie schnatterten laut, um sich für eine komplette Asphaltierung des

Ufers starkzumachen. Doch die Menschen hörten nach wie vor Kai Gregorius zu.

»Herr Friese«, er machte eine Pause und senkte seine Stimme auf ein persönlich-vertrauensvolles Timbre herab, »Martin – erklären Sie uns, was Sie in den nächsten Wochen vorhaben. Ich bin sicher, dass die Neukirchener Bürger gegenüber Ihren Plänen sehr aufgeschlossen sind.«

Martin hob überrascht den Kopf, froh, eine unerwartete Bühne für sein Forschungsprojekt zu haben. »Ja, also, zuerst werde ich ein Sonarprofil erstellen, also ein genaues dreidimensionales Abbild des Seegrundes, damit ich die Unterwasserstrukturen kenne und in meine Berechnungen einbeziehen kann. Dann wird's interessant!« Er bückte sich zu einer Metallkiste und holte eine handballgroße, rot-weiße Boje hervor. »Hier, das sind sogenannte Lauschbojen, Schwimmkörper mit integriertem Mikrofon und SD-Speicher. Zwölf dieser Bojen sollen über mehrere Wochen ein akustisches Profil des Wasserkörpers aufzeichnen, und daran kann ich erkennen, welche Einflüsse, eh … Einflüsse …«

Er geriet ins Stottern und unterbrach seinen Vortrag. Gemurmel wurde laut, die Menge wandte sich dem Parkplatz zu, auf dem ein schwarzer Porsche Cayenne vorgefahren kam. Ein stiernackiger Mann um die fünfzig stieg aus, an dem alles eine Nummer zu groß wirkte: Sein Kopf erinnerte an ein Fass, seine Hände waren wie Kohlenschaufeln und die

Füße geradezu riesig, der Bauch ließ das maßgeschneiderte Hemd fast platzen. Ihm folgte eine sehr viel jüngere Blondine, deren Solariumbräune und die vom Personal Trainer geformte Figur nach Freizeit, Geld und Eitelkeit aussahen. Um ihre Füße hüpfte ein nervöser, braun-weißer Chihuahua mit einem übergroßen Strasshalsband. Die Enten wurden unruhig. Hunde mochten sie gar nicht, auch wenn dieser eher den Eindruck machte, sich vor allem und jedem zu fürchten, sogar vor Stockenten.

»Sieh an, Ekkehard Klinkhammer höchstpersönlich!« Martin streckte den Kopf vor wie eine angriffslustige Schildkröte. »Na, wollen Sie und die werte Gattin den See noch mal in Ruhe betrachten, bevor Sie ihn mit Ihren hässlichen Betonkästen zubauen?«

»Halten Sie die Klappe, Friese, und gehen Sie mit Ihren Greenpeace-Freunden Tofu fressen«, knurrte der Dicke. Er sah aus wie ein Bulle, der den hageren Biologen jeden Augenblick überrennen würde. Die Umstehenden murmelten böse Kommentare. Der Bauunternehmer hatte sich durch sein ehrgeiziges Neubauprojekt viele Feinde gemacht, doch wie allzu oft bevorzugten es die Leute, im Schutz der Masse Sätze zu brummen, die mit »man müsste« und »man sollte« anfingen, anstatt den offenen Widerspruch zu wagen.

Einzig Martin trat vor und umklammerte die Boje, dass seine Knöchel weiß wurden. »Ich weiß nicht, wie Sie es geschafft haben, Herr Klinkhammer, dass der Bürgermeister Ihr Projekt unterstützt und auch die Frau Anwältin …«, er warf der schwarzhaarigen Frau einen bitterbösen Blick zu, »auf einmal kalte Füße bekommt. Aber eins sag ich Ihnen: Ich lasse nicht locker. Dieser See und das Naturschutzgebiet sind zu kostbar, um aus purer Geldgier Appartements ans Ufer zu klatschen.«

Klinkhammers einzige Antwort bestand darin, dass er seine mächtige Faust mit gestrecktem Mittelfinger hob, während er auf der Promenade in Richtung Bootsanleger lief.

Martin kochte. Die Selbstsicherheit des Baulöwen brachte ihn auf die Palme, seine Stimme kippte fast vor Aufregung. »Klinkhammer, damit kommen Sie nicht durch! Ich … ich setze Himmel und Hölle in Bewegung, um Ihr verdammtes Projekt zu stoppen, hören Sie?«

Klinkhammer ging unbeeindruckt weiter, die blonde Frau stöckelte ebenso desinteressiert hinter ihm her.

Der Biologe sah rot. »Sie … Sie Arschloch!«, brüllte er, riss die Boje hoch und warf sie dem Dicken nach. Mit einer blitzschnellen Bewegung, die seiner Körperfülle Hohn sprach, fuhr Klinkhammer herum und schnappte die Boje, bevor sie ihn hätte treffen können. Im selben Augenblick holte er auch schon aus und schleuderte den weiß-roten Plastikkegel zurück in Martins Richtung. Der Biologe war von der Reaktion dermaßen verblüfft, dass er nur noch die Arme hochreißen konnte. Die Boje traf ihn, prallte ab und trudelte in hohem Bogen zur Seite. Andächtig schaute die Menge zu, wie das Flugobjekt eine fast perfekte Ellipse beschrieb und auf Waldis Auto zusteuerte.

Waldi pflegte seinen schwarzen E-Klasse-Kombi direkt vor dem Bootshaus zu parken. Das war zwar verbotswidrig, doch das Neukirchener Auge des Gesetzes wurde in diesem Fall gerne zugedrückt. Denn zum einen wusste jeder, dass Waldi ständig Bootsbedarf ein- und auszuladen hatte. Zum anderen – und das war viel wichtiger – belieferte er auf demselben Weg die Imbiss-Küche. Und da die Damen und Herren, die mit der Überwachung des ruhenden Verkehrs betraut waren, ihre Mittagspause gerne am See verbrachten und dabei eine Bratwurst oder eine Schinken-Käse-Tasche verzehrten, würden sie sich durch übereifriges Knöllchenschreiben quasi selbst vom Nachschub abschneiden. Das, so war man übereingekommen, könne beim besten Willen nicht der Sinn einer Parkverbotsverordnung sein, deshalb stand der Mercedes wie immer an seinem angestammten Platz und somit in der Flugbahn der Boje.

Diese knallte mit hohem Ploppen auf das Blechdach, wurde von ihrem eigenen Schwung weitergetragen und verschwand im Gebüsch. Der Plastikkegel war zu leicht, um einen Schaden anzurichten, doch das schwäbisch-präzise Sicherheitssystem der E-Klasse registrierte den Aufprall und schaltete auf Großalarm. Die Menschenmenge zuckte zusammen, als der Mercedes loshupte, blinkte und jaulte. Verständigung war jetzt nur noch schreiend oder per Zeichensprache möglich, also gestikulierte Waldi, dass er den Autoschlüssel im Bootshaus habe, und machte sich hurtig auf den Weg. Der Chihuahua fing an, mit dem Auto im Chor zu jaulen, er wurde von Klinkhammers blonder Frau auf den Arm genommen. Kai Gregorius legte Martin beruhigend die Hand auf die Schulter, während der Bürgermeister mit der schwarzhaarigen Anwältin und seiner Assistentin überlaut diskutierte.

Charlie watschelte eilig zum Ufer zurück und wasserte. Gemeinsam mit den anderen Enten paddelte sie einige Meter weiter weg, denn der Krach schmerzte ihr in den Ohren. Was war nur mit diesem Blechding los? Normalerweise waren die Autos der Menschen viel unauffälliger, sie brummten, rumpelten und stanken, und das war's. Aber nun? Der rot-weiße Ball hatte das Ding offensichtlich dazu gebracht, sich in ein lärmendes und blinkendes Ungetüm zu verwandeln.

Argwöhnisch beobachteten die Enten, wie Waldi im Laufschritt zurückkam und mit seinen Fingern auf etwas kleines Schwarzes drückte. Wie von Geisterhand stoppte der Lärm, die Menschen und die Enten atmeten auf. Charlie ruderte ans Ufer zurück, um weiter zuzuhören. Die Situation war spannend. Noch nie hatte sie Martin so aufgeregt gesehen, sonst war er eher ruhig und sprach mit leiser Stimme. Die Menschen tuschelten. Der dicke Mann, den scheinbar niemand mochte, lief weiter zum Bootsanleger, als plötzlich eine Männergruppe hervortrat und sich in seinen Weg stellte. Charlie kannte die Leute, sie waren oft mit Waldi zusammen und trugen bunte Sachen, auf denen ein seltsamer Fisch abgebildet war. Welche Rolle die Männer und der Fisch spielten, hatte Charlie bis jetzt aber noch nicht in Erfahrung bringen können.

Der Fisch, der die T-Shirts der Männer zierte und den Charlie neugierig beäugte, war ein stilisierter Hecht mit Tauchermaske und Schnorchel. Bei der Gruppe handelte es sich um die Mitglieder des Tauchklubs »Tolle Hechte e. V.«, der rege Anteil an allem nahm, was am See geschah. Den Vorsitz des Klubs hatte Waldi inne, die Klubtreffen fanden im Hinterzimmer seines Imbiss-Restaurants statt. Das weltweit Einzigartige an diesem Tauchklub war allerdings die Tatsache, dass kein einziges Vereinsmitglied tauchen konnte, geschweige denn einen Tauchschein besaß.

Die Geschichte der Tollen Hechte e. V.

Waldi Asmus verfiel beim All-Inclusive-Urlaub im ägyptischen Dahab der Abenteuerlust und absolvierte einen fünfzehnminütigen Schnuppertauchgang im Hotelpool. Dieses Erlebnis begeisterte ihn dermaßen für die schillernde Unterwasserwelt, dass er zu Hause sämtli-

chen Kumpels den Mund wässrig machte und man sich spontan entschloss, einen Tauchklub zu gründen und ihn Tolle Hechte zu nennen. Ihr Plan war, gemeinsam im See den Tauchschein zu machen und von dort aus die Weltmeere zu erobern. Der Tatsache, dass das Neukirchener Gewässer einem generellen Tauchverbot unterlag, gedachte man durch eine Sondergenehmigung des Bürgermeisteramts entgegenzutreten. Die Antwort darauf fiel allerdings negativ aus. Doch nun war der Kampfgeist der zukünftigen Tauchprofis erwacht, sie fingen an, alle möglichen Amtswege zu beschreiten, um die Erlaubnis doch noch zu erlangen.

Das war inzwischen sieben Jahre her, in denen sich an der grundlegenden Situation wenig geändert hatte. Alle paar Monate verfassten die Tollen Hechte ein neues Anschreiben an das Bürgermeisteramt, wiederum einige Monate später trudelte die abschlägige Antwort ein.

Nichtsdestoweniger hielt man an der wöchentlichen Klubsitzung in Waldis Hinterzimmer fest, tröstete sich mit Filmen von Jacques Cousteau und trank auf die dereinst anstehenden nautischen Großtaten.

Die Brigade der Tollen Hechte stand nun also aufgereiht nebeneinander und versperrte Ekkehard Klinkhammer den Weg. Waldi trat hinzu und verschränkte die Arme. Seine Muskeln und die glänzende Glatze ließen ihn wuchtig aussehen. Als Klubvorsitzender besaß er vor allen anderen das Rederecht.

»Na, Herr Bauunternehmer, wo soll's denn hingehen? Kleiner Bootsausflug geplant auf unserem schönen, *unverbauten* See?« Das vorletzte Wort betonte er besonders eindrücklich. Die Zuschauer scharten sich um die Hechte und warfen einen Blick zum Bootsanleger. Dort waren zwei Dutzend Segel- und Motorboote vertäut, das größte, eine schnittige Motorjacht, gehörte Ekkehard Klinkhammer.

Der Baulöwe stellte sich breitbeinig in Positur. »Das geht Sie gar nichts an, Asmus. Gehen Sie mir aus dem Weg und nehmen Sie Ihre luftleere Taucherbande gleich mit.«

»Falsche Antwort. Es geht mich sehr wohl etwas an, wenn unser See zugebaut wird mit Angeber-Appartements, und irgendwelche Yuppies jeden Abend Halligalli auf ihren Terrassen veranstalten.«

Die Tollen Hechte rückten drohend zusammen, Klinkhammer ballte seine gewaltigen Fäuste. Die Anspannung war mit den Händen zu greifen, bis Bürgermeister Pallgraf dazwischentrat und beruhigend die Arme hob.

»Waldi, ich denke, das genügt für heute. Lass den Herrn Klinkhammer durch, wir sind hier schließlich in einem zivilisierten Land und nicht im Wilden Westen.«

»Ach ja?«, knurrte der Hechtvorsitzende. »Irgendjemand muss aber für Recht und Ordnung am See sorgen, nachdem der große Sheriff«, er bedachte Pallgraf mit einem abschätzigen Blick, »letzte Woche noch groß getönt hat, wie wichtig ihm das Naturschutzgebiet ist, und heute Morgen Knall auf Fall eine vorläufige Baugenehmigung erteilt.«

Pallgrafs Kiefer mahlte. »Genau das ist es, Waldi – eine vorläufige Baugenehmigung. Vorläufig, klar? Entschieden ist noch gar nichts, und deshalb schlage ich vor, dass wir jetzt alle nach Hause gehen und die Dinge auf offiziellem Weg weiterlaufen lassen.« Um Entspannung bemüht, wandte er sich dem Baulöwen zu und schlug einen jovialen Ton an. »Na, Herr und Frau Klinkhammer, da haben Sie sich ja schönes Wetter ausgesucht für einen Bootsausflug. Sollte man viel öfter machen, oder?«

»Kein Ausflug.« Der dicke Mann klang gereizt. »Wir bringen nur zwei, drei Kleinigkeiten auf der Jacht in Ordnung. Nachher drehe ich eine Runde, aber allein.« Er warf einen giftigen Blick auf seine Frau, die gelangweilt Kaugummi kaute und ihren nervösen Chihuahua auf dem Arm wiegte. »Chantal ist nicht so fürs Wasser zu begeistern. Sie könnte sich ja einen Fingernagel abbrechen. Oder ihr Köter ersäuft.«

Die Klinkhammers gingen zum Bootssteg, die Menge zerstreute sich allmählich. Jeder ging seines

Weges, auch Charlie ließ sich wieder ins Wasser gleiten. Die anderen Enten hatten begriffen, dass trotz der vielen Menschen keine Keksration für sie abfallen würde. Enttäuscht paddelten sie davon und vergaßen in Sekundenschnelle, was sich am Ufer abgespielt hatte. Nur Charlie ließ sich das, was sie gehört hatte, nochmals durch den Kopf gehen: Es schien, als würden große Ereignisse am Ententeich bevorstehen.

Charlie konnte sich allerdings nicht vorstellen, wie groß die Ereignisse tatsächlich werden sollten. Das Schicksal hatte aber längst schon seine Fäden gespannt und machte sich bereit, Irrungen und Wirrungen zu stiften.

Am anderen Ende von Neukirchen, dort, wo die Häuser groß und die Gärten noch größer waren, wo Lara-Zoé und Louis-Etienne schon mit vier ein iPhone unterm Weihnachtsbaum liegen hatten und wo das einzige Auto unter zweihundert PS dem Gärtner gehörte, dort gab es ein Haus, das noch größer und protziger war als alle anderen. Eine Grünanlage umkränzte es, ein Swimmingpool schmiegte sich an die Terrasse. Der Architekt war namhaft und teuer gewesen, das verwendete Material vom Feinsten, die handwerkliche Ausführung ohne jeden Tadel, und bezahlt hatte das alles Ekkehard M. Klinkhammer.

Im Moment hatte der Baulöwe allerdings keinen Blick für sein protziges Anwesen, denn er war vollkommen davon eingenommen, lauthals mit seiner Frau zu streiten. Das war nichts Neues und nichts Seltenes, ganz im Gegenteil, ein rüder Umgangston, flankiert von verborgenen Spitzen und offenen Beleidigungen, war im Hause E. und C. Klinkhammer üblich.

»Vergiss es, vergiss es einfach. Du fährst nicht alleine in Urlaub, und schon gar nicht in die Dominikanische Republik.«

Während Klinkhammer sprach, schloss er sein Arbeitszimmer auf und nahm einen schweren Gegenstand vom Boden. Chantal befand sich ein Stockwerk höher, doch ihre schrille Stimme drang mühelos bis zu ihm durch, einer Kreissäge gleich, die sich nach unten schnitt.

»Vielleicht steckst du mal deinen dicken Kopf raus aus deinen Baugruben, dann merkst du nämlich, dass der Sommer kommt. Sommer, kapiert? Urlaubszeit! Und ich will Sommerurlaub machen, das ist wohl nicht zu viel verlangt, oder?«

Er antwortete nicht, sondern stieg mit seiner Last ins Untergeschoss. Dort waren Sauna, Jacuzzi, Dampfbad, Billardraum, Bar und die Garage zu finden, doch Chantals Kreissäge fand ihren Weg selbst in diese Tiefen.

»Dann fahren wir halt gemeinsam weg, wenn du so großen Wert drauf legst! Los, komm! Sag, wo willst du hin? Na los, sag schon!«

Klinkhammer stellte sein Gepäck ab und öffnete die Tür zur Garage. Mit Grausen dachte er an den letzten gemeinsamen Urlaub zurück, eine Karibik-Kreuzfahrt. Er war von früh bis spät Dauergast an der Bordbar gewesen, während Chantal mit verbissenem Gesicht sämtliche Sportgeräte malträtiert hatte. Und obwohl es ein wirklich großes Schiff gewesen war mit zahllosen Decks und Lounges, hatte sich herausgestellt, dass es trotzdem zu klein für die Eheleute Klinkhammer und ihre gegenseitige Abneigung war.

Als keine Antwort kam, wurde ihre Stimme noch schriller.

»Wie, was, keine Wünsche? Kein gemeinsamer Liebesurlaub? Na, dann kann ich ja auch allein in die Dom-Rep, wenn du keinen Bock hast.«

»Glaubst du, ich weiß nicht, worauf das hinausläuft?«, brüllte er nach oben. »Du schnappst dir dort den erstbesten Hanswurst, und dann geht's zwei Wochen nicht mehr raus aus den Federn.«

»Ach ja?! Und dass du bei sämtlichen Messen deine kleine Sekretärin dabeihast und sie zum Essen – und ich will gar nicht wissen, was sonst noch – ausführst, das ist völlig in Ordnung, oder was? Da soll ich brav zu Hause hocken und die Wand anglotzen?«

An ihrer überkorrekten Aussprache hörte er, dass

sie schon ein paar Drinks intus hatte. Na, und wenn schon. Wenn sie voll war, gingen Chantal ziemlich rasch die Argumente aus, und sie fing an zu heulen. Wenigstens das tat sie leise.

»Glotz doch, wohin du willst! Aber du kannst dir abschminken, dass ich auch noch für deine Bums-Reise bleche!« Er wuchtete seine Last in die Garage und stellte sie neben dem Cayenne ab. Danach drehte sich nochmals um. »Geh doch putzen, dann kannst du deinen Urlaub selbst bezahlen!« Mit diesen Worten knallte er die Tür zu und sperrte die Kreissäge aus.

Eine Minute später schoss der schwere Wagen aus der Einfahrt, Chantal stand auf einer der Dachterrassen. In der linken Hand hielt sie einen Wodka Martini, auf ihrem rechten Arm lag der Chihuahua und zitterte nervös. Sie schaute dem Auto nach und nahm eine metallische Reflexion auf dem Rücksitz wahr. Auch ohne näher hinzusehen, wusste sie sehr genau, was dort im Porsche lag. Vor zwei Jahren hatte ihr Mann angefangen, alle paar Monate einen bulligen, silbernen Koffer ins Haus zu schleppen, ihn in seinem Arbeitszimmer einzuschließen und wenig später wieder damit wegzufahren. Er machte ein großes Geheimnis daraus und beantwortete diesbezüglich keine einzige Frage. Nach einer Weile merkte Chantal, dass die Größe des Koffers wechselte. Da verstand sie, dass es nicht derselbe Koffer war, nein, Ekkehard brachte jedes Mal einen anderen ins Haus.

In einem unbeobachteten Augenblick konnte sie den Aufdruck auf einem der Koffer lesen – »Bull Cases« – und googelte den Namen. Bull Cases stellte Panzerkoffer her, die beim Militär und bei Sicherheitsdiensten Verwendung fanden, stoßsicher, rostfrei und extrem belastbar. Die einzige Frage, die ihr die Homepage von Bull Cases nicht beantworten konnte, war, was um alles in der Welt ein Bauunternehmer mit einem Dutzend Panzerkoffer anfangen wollte. Sie schnüffelte weiter, und es dauerte nicht lange, bis sie das Geheimnis ihres Ehemannes gelüftet hatte.

Die Eiswürfel im Martiniglas klimperten leise.

»Warte nur, Göttergatte, bald bist du fällig. Nicht wahr, Hillary, da freuen wir uns darauf«, flüsterte sie mit bösem Lächeln, drückte den Hund an ihre Wange und leerte das Glas in einem Zug.

In der Entenschar kursierte ein böser Witz, der gerne hinter vorgehaltenem Flügel erzählt wurde. Frage: Was ist rund und hat Federn? Antwort: Linus.

Obwohl der Witz eher schlicht war, schüttelten sich die Enten jedes Mal vor Lachen. Kein Wunder, denn Linus, ein eigenbrötlerischer Erpel, bestach durch seine Leibesfülle; im Wasser sah er aus wie eine Boje mit Federn und an Land wie ein grünbrauner Fußball. Dazu kam, dass er eine phlegmatische Art besaß und – ganz so, als wäre er auf das Sammeln negativer Attribute spezialisiert – weitsichtig war. Sowohl beim Schwimmen als auch beim Gründeln sah er deshalb alles, was zwei, drei Entenlängen vor ihm lag, extrem unscharf. Aus diesem Grund verhedderte er sich immer wieder in Wasserpflanzen, Wurzeln oder Algen und musste von den anderen befreit werden. Das war jedes Mal eine hervorragende Gelegenheit, den Witz erneut aufzuwärmen.

Doch diese Fehlsichtigkeit hinderte Linus nicht daran, seine Körperfülle zu behalten und sogar nach und nach an Gewicht zuzulegen. Sein Geheimnis war eine gewiefte Strategie bei der Futtersuche.

Linus und die Netze

Im Naturschutzgebiet, an dem Tiere und Pflanzen sich selbst überlassen waren, gab es einen breiten Uferstreifen mit Schilf, Büschen, Gras und Hunderten von Spinnennetzen. Linus hockte sich, nachdem er ein solches Netz aus der Ferne erspäht hatte, direkt davor und wartete geduldig. Von den vielen Insekten, die in Wassernähe tanzten, verfing sich über kurz oder lang eins im Netz. Das Tier wäre nun eine leichte Beute für den Erpel, da er das Zappeln sogar mit seinen schlechten Augen wahrnehmen konnte. Doch er hatte einen weiteren Trick parat: Er wartete, bis die dazugehörige Spinne aus ihrem Versteck kam, um sich über ihren Fang herzumachen. In diesem Augenblick schoss des Erpels Schnabel mit unerbittlicher Präzision nach vorne, sodass Linus zwei Bissen auf einmal zu kauen hatte.

Auf diese Weise verbrachte er so manchen Nachmittag am Westufer, arbeitete sich gemächlich von Netz zu Netz und kehrte abends zufrieden und mit gefülltem Magen zur Entenschar zurück.

Auch heute hatte Linus vorgehabt, ein paar Dutzend Netze leer zu schnäbeln, doch das Glück hielt heute einen anderen Plan für ihn parat. Auf der Suche nach einer geeigneten Lauerposition war er einige Meter ins Unterholz vorgedrungen und dort auf ein grünbraunes Stoffding gestoßen, das die Menschen gewöhnlich über der Schulter trugen und »Rucksack« nannten. Er drehte es hin und her, es war leicht und schien ohne Inhalt zu sein. Doch nein, etwas knisterte darin! Neugierig pickte er so lange an der Öffnung, bis er hineinlangen konnte. Eine Tüte kam zum Vorschein. Außer bunten Schemen konnte Linus zwar nichts erkennen, aber der Geruch der Tüte war überwältigend: würzig, ein wenig salzig, ein wenig pikant. Er probierte vom Inhalt. Köstlich! Knusprige Kartoffelscheiben! Mit Heißhunger machte er sich über die Tüte her, die Spinnennetze waren vergessen.

Mitten im schönsten Fressrausch wurde der dicke Erpel auf eine Bewegung aufmerksam. Weiter vorne am Ufer trieb sich eine Gestalt herum. Nun sah Linus als weitsichtige Ente zwar auf die Ferne gut, doch Unterholz und Büsche verstellten ihm den Blick. Er reckte den Kopf. War das ein Mensch? Nein, das konnte nicht sein. Die Gestalt war zwar so groß wie ein Mensch, lief aber gebückt und schleppte einen monströsen Buckel mit sich herum.

Jede andere Ente wäre spätestens jetzt angstvoll aufs Wasser zurückgewichen, doch Linus tat das seltsame Wesen mit einem Flügelzucken ab. Es gab in diesem Augenblick wesentlich Wichtigeres: salzige Kartoffelscheiben.

Mit leisem Zischen öffneten sich die Drucklufttüren des Busses. Günter Rocker, der Busfahrer, war erstaunt, dass Fahrgäste an dieser abgelegenen Haltestelle zusteigen wollten.

Rocker fuhr die Buslinie zwischen Neukirchen und der Nachbarstadt. Auf dieser Strecke gab es eine Haltestelle hinter dem Neukirchener Naturschutzgebiet, die mitten auf den Feldern lag. Meist war die Haltebucht verwaist, bestenfalls stiegen einige Wandervögel ein oder ein ermatteter Mountainbiker ließ sich ein paar Kilometer chauffieren, um später mit seiner angeblich wahnwitzigen Tagesleistung prahlen zu können. Doch heute kletterten zwei Jungen in den Bus, Brüder offensichtlich, beide rothaarig, sommersprossig und mit großen Rucksäcken bepackt.

Der größere streckte Rocker einen zerknitterten Geldschein hin und spulte einen Satz herunter, der wie auswendig gelernt klang.

»Guten Tag, ich bin Jakob, und das ist mein Bruder Lasse, wir fahren heute aus Neukirchen weg. Wir hätten gerne zwei Kinderfahrscheine bis zur Endstation, bis zum Bahnhof.« Er machte eine bedeutungsvolle Pause, dann fügte er hinzu: »Aber nur Hinfahrt, keine Rückfahrt.«

Rocker nahm den Geldschein entgegen und tippte schweigend auf dem elektronischen Fahrscheinautomat herum. Derweilen ließ der Kleinere der beiden seinen Rucksack zu Boden gleiten, während er dramatisch stöhnte.

»Oh, ich muss den mal absetzen, der ist total schwer. Da ist nämlich Proviant drin und Kleider und so.« Er schaute an sich herab und erschrak in vollkommener Übertreibung.

»Mist! Schauen Sie mal, Herr Busfahrer – mein gelbes T-Shirt mit dem roten Pokémon-Aufdruck ist schon voll durchgeschwitzt. Das blaue von meinem Bruder noch gar nicht.«

Rocker warf einen desinteressierten Blick auf das Shirt und kümmerte sich weiter um seinen Automaten. Nahtlos fuhr der große Bruder fort: »Ach, können Sie uns eigentlich sagen, wie wir vom Bahnhof am besten nach Berlin kommen? Ich meine – welcher Zug oder so? Nach Berlin, also, die Hauptstadt von Deutschland.«

Der Automat spuckte die erste Karte aus. Rocker schüttelte entnervt den Kopf. Wollten die Jungs ihn verschaukeln?

»Nein, das weiß ich nicht auswendig. Da werdet ihr am Bahnhof gucken müssen.« Er drückte den Knopf für die zweite Karte.

»Haha.« Gekünstelt lachte der Junge, der sich mit Jakob vorgestellt hatte. »Schauen Sie mal, Herr Busfahrer, der Fahrschein ist genauso rot wie meine Haare!« Er wedelte mit der Karte über seinem Kopf herum.

»Und wie meine«, krähte der andere. »Und ich hab genauso viele Sommersprossen wie mein Bruder. Voll viele. Haben Sie die gesehen?«

Rocker drückte ihm den zweiten Fahrschein in die Hand. Was war denn mit den Kindern los? Hatten die einen an der Waffel? Er ließ die Tür zufahren und machte den Jungs mit einer Handbewegung klar, dass sie sich setzen sollten.

»Komm, Lasse, wir suchen uns einen Platz. Wenn der Bus gleich anfährt, könntest du sonst hinfallen und dir einen Zahn ausschlagen«, erklärte der Größere extra laut, damit er auch sicher gehört wurde. »Und du hast ja schon eine Zahnlücke, einer deiner Schneidezähne fehlt.« Der Kleine nickte mit großem Ernst, zeigte dem Busfahrer sein Gebiss und verschwand endlich im hinteren Bereich.

Während das Naturschutzgebiet von Neukirchen im Rückspiegel verschwand, wurde Günter Rocker von einem schlimmen Verdacht befallen. Die beiden Brüder, die mussten irgendwelche Drogen genommen haben. Rocker war entsetzt. Fingen diese Gossenkinder heutzutage denn immer früher mit solchen Sachen an?

»Wollen wir neben die großen Halme oder vielleicht doch eher auf den grünen Platz?«

Hennes grübelte, während seine Schwimmfüße automatisch geradeaus paddelten. »Hm, auf dem grünen Platz waren letztens aber so komische Käfer, rot, mit schwarzen Beinen.«

Charlie schwieg. Die endlose Debatte über den idealen nächtlichen Ruheplatz ging ihr auf die Nerven. Die anderen machten zu viel Federlesen darum, jeder mögliche Flecken Erde wurde schnatternd diskutiert, bevor eine Entscheidung fiel. Aber wehe, wenn sich eine andere Ente genau denselben Platz ausgesucht hatte. Dann ging das Gezeter los, es wurde geschubst, gerückt, gedrängelt und gezwickt, sodass manchmal schon die Nacht über dem See hing, bis endlich Ruhe einkehrte.

»Oder doch mal wieder hinter dem Schilf? Obwohl … da ist der Boden immer so nass.«

Um dem grüblerischen Schnattern zu entkommen, beschleunigte Charlie. Es war ihr völlig egal, wo sie übernachteten. Man hockte sich hin, steckte den Kopf unter den Flügel und schlief, basta.

Gemeinsam mit Hennes schwamm sie eine letzte Runde um den See und passierte das unbefestigte Ufer des Naturschutzgebiets. Die Dämmerung hatte den Wald bereits zu einem dunklen Einerlei verschmolzen, die Motorjacht, die ihre Bahnen über das Wasser gezogen hatte, war längst wieder am Steg vertäut. Ihnen zur Seite schwamm Lilli, eine Jungente, die ebenso wie Charlie und Hennes im letzten Jahr geschlüpft war. Alle drei kamen zwar aus verschiedenen Gelegen, hatten aber schon damals zusammengesteckt und als gelbe Flaumbälle gemeinsam den See erforscht. Auch heute noch waren sie schier unzertrennlich.

»Vielleicht ein bisschen weiter hinten, am Sand? Da zieht's nicht so«, piepste Lilli, um sich in die Schlafplatz-Diskussion einzubringen. Sie war etwas kleiner als Charlie und von der Statur her eine geradezu grazile Ente. Lilli verfügte über ein zart besaitetes Gemüt und steigerte sich gerne in Situationen hinein, bis sie hyperventilierte. Das allein war nicht schlimm, doch manchmal wurde sie dabei ohnmächtig, sodass ihr Kopf nach vorn ins Wasser kippte und sie zu ertrinken drohte. In diesem Fall musste die nächstschwimmende Ente beherzt zupacken, Lillis Kopf über Wasser halten und sie schütteln, bis sie aus ihrer Besinnungslosigkeit erwachte.

»Leute! Das ist ja zum Aus-den-Federn-Fahren mit eurem Getue!« Charlie seihterte entnervt durchs Wasser. »Wir setzen uns einfach auf irgendeinen grünen Flecken, und fertig.«

Die andere starrten sie an.

»Wie ... einfach setzen?« Es war deutlich zu sehen, dass dieser unerhörte Vorschlag Hennes' sorgfältig gezimmertes Weltbild der abendlichen Schlafplatzgestaltung ins Wanken brachte. Er hob pikiert den Schnabel. »Entschuldige bitte, aber das ist nun mal mein Instinkt.«

Charlie seiherte erneut und merkte, wie sie wütend wurde. Typisch! Der Instinkt musste immer als Begründung herhalten, wenn die Enten auf irgendetwas keine Lust hatten oder sich nicht mit einer Sache auseinandersetzen wollten. Wie, ich soll das gerade gefundene Brötchen mit der Schar teilen? Oh, das geht leider nicht, das ist gegen meinen Instinkt. Was, ich soll aufhören, die Lieblings-Aufenthaltswiese als Abtritt zu nutzen? Tja, tut mir leid, aber ich gehorche bloß meinem Instinkt.

Gerade wollte sie etwas Gepfeffertes erwidern, da wurde sie von einem ungewöhnlichen Geräusch in Ufernähe abgelenkt. Dort plätscherte, blubberte und brodelte das Wasser.

Lilli erschrak. »Der Hai! Wir werden alle sterben!« Mit weit geöffnetem Schnabel fing sie an, nach Luft zu schnappen.

»Ruhig, Lilli, ganz ruhig!« Hennes schnatterte ihr besänftigend zu, ohne das merkwürdige Blubbern aus den Augen zu lassen. Einige Schulkinder hatten sich beim Baden schreckliche Geschichten von einem Wassermonster erzählt, dem Weißen Hai, und seither war Lilli der felsenfesten Überzeugung, ebendieses Wesen würde tief unten im See lauern und mit kalten Augen auf die passende Gelegenheit zum Angriff warten.

»Es gibt keinen Hai hier, das weißt du doch. Komm, schön langsam atmen.« Hennes' sonores Quaken ließ Lillis Atmung ruhiger werden.

»Aber ... was ist es dann?«, hauchte die kleine Ente.

Das Geheimnis lüftete sich wenige Sekunden später. Ein schwarzer Kopf mit Glotzaugen erschien, Hände kamen dazu, mit viel Gepruste erhob sich eine bucklige Gestalt aus dem Wasser.

Charlie traute ihren Augen nicht – das Buckelwesen war ein Taucher. Die Enten wussten, was ein Taucher war, denn es hatte vor langer Zeit große Aufregung am See gegeben, und dabei hatten Taucher eine wichtige Rolle gespielt.

Die Buckelwesen

Es passierte im letzten Jahr, als die drei Enten noch Küken gewesen waren. Damals lief ein Menschenjunges unbeobachtet von den Eltern zum grünen Ufer und schlief dort ein, ermattet von der langen Wanderung. Kurz darauf machte sich Unruhe am See breit, die Menschen liefen umher, Autos mit blauen Lichtern fuhren zum See, zwei merkwürdige Wesen stiegen ins Wasser. Sie sahen aus wie ein Mensch mit schwarzer, komischer Haut, riesengroßen Augen und einem Buckel.
Die schwirrenden Stimmen am Ufer verrieten den Enten, dass die Buckelwesen »Taucher« hießen. Die Schar mochte diese Taucher auf Anhieb. Denn zum einen bewegten sie sich an Land genauso watschelnd wie die Enten,

kein Wunder, sie hatten ja auch vernünftige Schwimmfüße. Zum anderen konnten die Taucher eine fantastisch lange Zeit gründeln und wurden von den Enten deshalb sehr bewundert. Die Geschichte ging gut aus, man fand das Menschenjunge schlafend im Grüngürtel, alle lachten und weinten durcheinander, die Lichter hörten auf zu blinken, die Autos verschwanden. Sie nahmen auch die beiden Taucher mit, was die Enten bedauerten. Gerne hätten sie sich von ihnen beim Gründeln helfen lassen.

Seither hatte es am See keine Taucher mehr gegeben. Charlie war überrascht, heute einen zu sehen, und das ganz ohne blinkende Lichter und schlafende Kinder. Ihr Erstaunen wuchs, als die Gestalt an der schwarzen Haut zupfte und diese wie eine Art Kapuze nach hinten stülpte. Ein Gesicht kam zum Vorschein, das Charlie kannte – das tauchende Buckelwesen war in Wirklichkeit ein Mensch, nämlich Kai Gregorius, der heute Nachmittag mit Martin zusammen gegen den Bürgermeister und den dicken Mann gewettert hatte! Neugierig paddelte sie näher ans Ufer. Was mochte dieser Tauchermensch wohl im Schilde führen?

Kai Gregorius krabbelte unbeholfen ans Ufer. Die Pressluftflasche zog ihn nach hinten, der Bleigurt drückte auf seine Hüften. Schnaufend entledigte er sich seiner Ausrüstung. Vollkommen ergebnislos, dieser Tauchgang. Absolut umsonst. Missgelaunt nahm er zwei Enten und einen Erpel zur Kenntnis, die vor ihm im Wasser dümpelten. War heute internationaler Tag der Ente oder was? Schon zu Beginn seines Tauchgangs war ihm eine aufgefallen, ein dickes Vieh, das im Unterholz gehockt und irgendetwas gefressen hatte. Und nun diese drei. Wahrscheinlich hofften sie, dass etwas zu fressen für sie abfiel.

Während er sich über sein Jackett bückte und seiner Geflügelphilosophie nachhing, näherte sich von hinten eine Hand. Die Bäume rauschten in einer leichten Brise, sodass Gregorius das Rascheln verhaltener Schritte nicht hörte. Die Hand kam näher und zielte auf seinen Hals. Kurz blieb sie in der Schwebe, dann packte sie schnell zu, wie eine Schlange.

Mit einem erstickten Aufschrei schoss er hoch – und stieß erleichtert die Luft aus. »Du bist's! Mensch, hast du mich gerade erschreckt.«

Leises Lachen war die einzige Antwort. Chantal Klinkhammer griff nach seinem Neopren-Kragen, zog ihn an sich und gab ihm einen innigen lustvollen Kuss.

»Ein kleiner Schreck am Abend kann doch einen Wassermann nicht umhauen«, hauchte sie.

Er zog sie an sich und packte ihren Hintern mit festem Griff. »Ganz im Gegenteil, der kommt damit erst richtig auf Touren.«

Sie wand sich spielerisch. »Und? Hast du's gefunden?«

Er ließ sie los und zuckte die Achseln. »Nee, nur Schlick und Sand. Und ein halbes Fahrrad.«

»Mist«, kommentierte sie überaus undamenhaft. »Und? Wann willst du wieder runter?«

»Weiß nicht. Ich frage mich echt, ob das besonders viel bringt. Ist irgendwie so eine Nadel-im-Heuhaufen-Sache.«

Sie nickte stumm. Gregorius ließ seinen Blick über die weite Wasserfläche schweifen. Der See lag still wie flüssiges Blei in der Dämmerung. Die drei Enten waren noch immer da und schauten unverwandt zu ihnen auf.

»Es liegt da draußen, und wir werden's finden. So viel Metall muss irgendwie aufzuspüren sein, da bin ich mir sicher. Und ich habe auch schon eine Idee, wie wir drankommen. Einfacher und vor allem schneller als mit der Taucherei.«

Sie schmiegte sich an ihn. »Das wäre zu schön, um wahr zu sein. Dann hätten wir ihn endlich, endlich in der Hand und könnten unsere eigenen Träume erfüllen. Ich wäre frei, um bei dir zu sein. Jeden Tag, für immer und ewig!«

Er legte den Arm um sie und flüsterte ihr verführerisch ins Ohr: »Und wir hätten genug Geld, um den Rest unseres Lebens in Saus und Braus zu leben.«

Sie nahm sein Gesicht in ihre Hände und küsste ihn erneut, doch mitten im Kuss fing Gregorius an zu zittern. »Ich muss jetzt erst mal aus dem Neopren raus, mir wird kalt.«

Chantal half ihm, den Reißverschluss zu öffnen und den klammen Anzug abzustreifen. Mit der Hand fuhr sie über seine nackte Brust und brachte ihren Mund an sein Ohr. »Ich hab eine Idee, wie wir dir ganz schnell einheizen können, mein Wassermann.« Kichernd wie zwei Teenager sanken die beiden nach hinten und wälzten sich im Ufergras.

Interessiert schauten die Enten zu. So sah es also aus, wenn Menschen balzten. Sie reckten die Köpfe, um zu beobachten, wohin und wie die unpraktisch langen Beine dabei gestreckt wurden. Aha. Soso. Sie waren sich einig, dass das mit kurzen Schwimmfüßen entschieden besser ging.

*Am **Mittwoch** fliegt Laugengebäck, zwei grundverschiedene Drahtgitter werden wichtig, ebenso ein Sommerkrokodil und ein teuflisches Weißbrot, worauf ein merkwürdiges Floß den See überquert.*

Wenn Leute am Ufer eines Sees oder eines Flusses stehen und den Enten Brotkrumen zuwerfen, sehen sie in aller Regel nur ein Durcheinander von Köpfen, Flügeln und Schnäbeln. Alle Entenweibchen sind braun, alle Erpel bunt, jeder schnattert, und das war's. Eine weitergehende Unterscheidung fällt den Menschen schwer. Ente ist nun mal Ente, oder?

Doch auch eine Entenschar besteht aus den unterschiedlichsten Charakteren, und das entelige Dasein, so schlicht es sich für den an Land lebenden Zweibeiner auch darstellen mag, bietet Raum für ein hohes Maß an Individualität.

Am Neukirchener See gab es neben den einjährigen Jungenten, zu denen Charlie, Hennes und Lilli zählten, eine Gruppe von Mutterenten. Die meisten bebrüteten jetzt, Mitte Mai, noch ihre Eier und waren selten zu sehen, nur die Küken von Konstanze und Tilda waren bereits geschlüpft. Die zwei Mamas hatten sich demzufolge von entspannten Brutenten in gestresste Aufsichtsenten verwandelt, die von früh bis spät damit beschäftigt waren, ihre Küken zusammenzuhalten, vor allen möglichen Gefahren zu beschützen und die kleinen Wesen ganz nebenbei zu gesellschaftsfähigen Enten zu erziehen.

Den entschleunigten Gegenpart bildeten die Erpel im besten Alter, eine Kumpelgemeinschaft um den Wortführer Eddie. Die entelige Natur hatte es zum Wohlgefallen der Männchen so eingerichtet, dass die Erpelschaft mit der Bebrütung und der Kinderaufzucht nichts am Hut hatte. Also schweiften die Herren gelassen über den See und überließen den Weibchen die Erziehungsarbeit.

In der Schar eher unbeliebt waren Annegret, Gertrud und Mechthild, drei ältliche Enten, deren Mutterjahre längst vorüber waren und die sich in bösartig schnatternde Tratschweibchen verwandelt hatten. Sie kommentierten alles gehässig, was im und am See geschah, ihre Schnäbel waren ebenso spitz wie ihre Bemerkungen. Neben diesen Gruppen gab es noch einige Charakterköpfe, die in keine dieser Kategorien einzuordnen waren.

Linus, fehlsichtig und übergewichtig, wurde von den übrigen Enten nicht ernst genommen. Meist paddelte er abseits und verfolgte seine skurrilen Methoden der Futtersuche.

Der General, ein greiser Erpel, hatte viele Jahre lang die Anführerrolle innegehabt, sein Wort war Gesetz auf und um den See gewesen. Inzwischen ergriff das Alter zunehmend Besitz von ihm, er neigte zur Vergesslichkeit, lebte in der Vergangenheit und bekam nicht mehr viel mit von dem, was am Wasser geschah.

Dann gab es Magnus, ein wahres Prachtexemplar von einem Erpel, dessen Körperkräfte allerdings nicht mit seiner geistigen Regsamkeit einhergingen. Das machte aber nichts, denn niemand wäre auf die Idee gekommen, ihn mit komplexen Fragen zu behelligen. Doch wann immer ein starker Schnabel oder ein kräftiger Flügel gebraucht wurde, war Magnus zur Stelle.

Eine Außenseiterrolle hatte Fräulein Schmitt inne, eine etwas altkluge Ente, deren Aufgabe es war, ältere Küken an das entelige Alltagsleben heranzuführen. Man sah sie häufig inmitten der Halbwüchsigen, denen sie langwierige Einzelheiten zur Futtersuche, zur Balz und zur Rangordnung beizubringen versuchte, während die jungen Wilden hinter ihrem Bürzel Schnabelgrimassen schnitten und sich gegenseitig untertauchten. Auch Charlie, Hennes und Lilli waren lange Nachmittage von ihr belehrt worden. Der erzieherische Grundgedanke war Fräulein Schmitt dermaßen in Kiel und Feder übergegangen, dass sie sogar erwachsene Enten gerne und oft zurechtwies, was nicht immer auf Gegenliebe stieß.

Küken wurden zunächst nur mit Zahlen bezeichnet. Es kam zu oft vor, dass ihre Anzahl durch Fellträger dezimiert wurde. Erst wenn eine Ente den typischen Spiegel aufwies, die auffällige Federfärbung an den Flügeln, galt sie als erwachsen und bekam von der Schar einen Namen. Bis dahin wurden die Küken der Einfachheit halber durchnummeriert, und wenn am nächsten Morgen eines fehlte, rückten die Übrigen eine Nummer auf. So etwas nannte man Entenpragmatismus.

An diesem Mittwochmorgen dümpelten die Enten träge auf dem See. Stockenten waren keine Morgentiere. Wenn es nach ihnen ginge, konnte die Dunkelheit ruhig noch etwas länger dauern. Sogar die Tatsache, dass bereits Menschen im Naturschutzgebiet unterwegs waren und am Schilfufer entlangtappten, brachte sie nicht aus der Ruhe.

Nur Charlie war nicht bei den Übrigen, sie watschelte über den Uferweg. Die Jungente hatte eine ganz besondere Morgenroutine, die sie zum Strandkiosk führte. Waldi Asmus betrieb nicht nur das Bootshaus und das Imbiss-Restaurant. Zu seinem teichnahen Imperium gehörte ein kleiner Kiosk an der Strandpromenade, an dem Snacks, belegte Brötchen, Rauchwaren und Zeitschriften verkauft wurden.

Waldis Schwester Karla, eine resolute Mittvierzigerin mit knochiger Statur, war für den Kiosk zuständig. In den Morgenstunden gab es wenig Kundschaft, deshalb rauchte sie in aller Ruhe, frühstückte eine Brezel und studierte die Nachrichten im Neukirchener Anzeiger. Vor einiger Zeit hatte sich Charlie eher zufällig in der Nähe des Kiosks eingefunden und war überrascht gewesen, als Karla ihr mit großer Selbstverständlichkeit schnabelgerechte Brezelstücke zuwarf. Und nicht nur das: Weil es ansonsten niemanden zum Reden gab, fing Karla an, Charlie aus der Zeitung vorzulesen und das Gelesene auch gleich umfassend zu kommentieren. Aus dieser Zufallsbekanntschaft hatte sich im Laufe der Wochen ein Ritual entwickelt. Jeden Morgen watschelte Charlie zum Kiosk, erhielt ihre Brezelration und lauschte gespannt auf das, was Karla ihr aus der Menschenwelt berichtete.

»Hast du's schon gehört, Kleines?« Karla zielte schlecht und ließ einen Laugenkrümel im Gras verschwinden. Charlie schnäbelte ihm zwischen den Halmen nach, während sie zuhörte.

»Zwei Buben sind abgehauen, Brüder, zehn und zwölf. Die Eltern haben keine Ahnung, was los ist, daheim war wohl alles in Ordnung.« Die Zeitung raschelte. »Na ja, das haben wir ja öfter, dass Kinder ausreißen und dann eine Nacht lang im Wald die Hosen vollhaben vor Angst. Aber jetzt kommt's!«

Karla gönnte sich einen Brezelbissen, den sie schwesterlich mit der Ente teilte.

»Und zwar: Die beiden Jungs haben wohl echt Großes vor. Ein Busfahrer erinnert sich nämlich ganz genau an die beiden, er konnte sie perfekt beschreiben – Vornamen, Haarfarbe, Sommersprossen, Kleidung, sogar eine Zahnlücke war ihm aufgefallen. Jedenfalls hatten die zwei richtig schwere Rucksäcke dabei und wollten zum Bahnhof. Und jetzt halt dich fest!«

Die Spannung stieg, während Karla – dramaturgisch bestens platziert – einige Salzkörner vom Laugengebäck schnippte und sich eine Zigarette anzündete.

»Die zwei haben den Busfahrer ausgequetscht wegen einer Zugverbindung nach Berlin. Stell dir das mal vor, Kleines … nach Berlin!« Sie lachte ein heiseres Lachen. »Die wollen echt was von der Welt sehen, die Buben.« Schlürfend nahm sie einen Schluck Kaffee aus ihrem Thermobecher und zeigte mit der Zeitung in Richtung des Sees. »Sieht so aus, als würden die Bullen trotzdem sicherheitshalber die Gegend absuchen. Und die Eltern haben wohl einen Hilfstrupp auf die Beine gestellt. Kann nicht schaden, man weiß ja nie.«

Nun wusste Charlie, warum Menschen durch das Dickicht stapften. In der Ferne konnte sie erkennen, dass Waldi und die Männer mit dem Fisch auf der Brust beim Suchen halfen. Andere trugen komische Mützen und blaue Jacken mit weißer Schrift. Nur die Bullen, die Karla erwähnt hatte, sah sie nirgends. Wahrscheinlich hatten die Menschen sie scheu gemacht, und sie waren schon wieder im Buschwerk verschwunden.

»Ich frag mich allerdings, wie die Jungs das überhaupt machen wollen, ohne Geld und so. Na ja, vielleicht haben sie dem Papa ja das Portemonnaie stibitzt.« Wieder lachte sie.

Charlie wusste, was Geld war, sie hatte es schon oft am Kiosk gesehen. Klimpernde Runddinger und bunte, raschelnde Papierstücke, eher langweilig, doch die Menschen machten ein Riesenaufheben darum. Ständig wollten sie wissen, wer wie viel davon hatte, wo es herkam und wofür die anderen es ausgaben. Die Jungente war froh, dass es in der Entenwelt nichts Vergleichbares gab. In ihren Augen machte dieses Geld das Leben eher kompliziert.

Die anderen Enten trudelten ein. Sie hatten ihre morgendliche Trägheit abgeschüttelt und flüchteten vom menschenbevölkerten Ostufer hierher zur Promenade. Als sie sahen, dass Charlie kaute, beschleunigten sie.

»Na, Kleines, kommt die bucklige Verwandtschaft, um dir die Haare vom Kopf zu fressen?« Mit einer raschen Bewegung schüttelte Karla die letzten Krümel aus ihrer Brezeltüte ins Gras. Der dicke Linus stürmte als Erster hin, der Rest der Schar folgte und ballte sich zu einem schnatternden Haufen, es flogen erste Federn. Charlie wollte rasch zur Seite watscheln, doch zu spät – blitzschnell schlug ihre Daunenfederallergie zu. Eine Niesattacke schüttelte sie und warf sie fast auf die Seite, sie japste, Tränen schossen ihr in die Augen. Sie blinzelte, als auch schon eine zweite Attacke folgte. Und eine dritte. Nach der vierten schwächte sich das Kribbeln im Schnabel endlich ab, matt ließ sich Charlie ins Gras plumpsen. Grandioser Einfall, als Ente eine Federallergie zu haben.

In der brezelberauschten Schar entstand derweilen Unruhe. Eine Frau kam mit schnellen Schritten auf den Kiosk zugestürmt, als würde sie unter größtem Zeitdruck stehen. Sie mochte um die dreißig sein, trug eine strenge Brille, war stark geschminkt und hatte eine übernervöse Art an sich. Alles war ständig in Bewegung, ihre Tasche wippte, die Schuhe klapperten, die Hände fuhren durchs Haar, ihre Augen zuckten hin und her. Die Enten kannten die Frau, sie war schon öfter am See gewesen und hatte jedes Mal für erhebliche Unruhe gesorgt. Sie war die neugierigste Person, die die Enten je kennengelernt hatten, ständig stellte sie irgendwelche Fragen und schrieb alle Antworten auf einem Block mit. Die Menschen hatten einen besonderen Namen für die wissbegierige Frau, sie nannten sie »Reporterin«. Meist waren sie nicht sehr glücklich über ihre Anwesenheit.

»Ach nee, Vanessa Kreuzke, unsere rasende Reporterin!« Karlas Begrüßung klang entsprechend gequält, sie zündete sich missgelaunt eine Zigarette an. »Na, Frau Kreuzke, kommen Sie mal nachschauen, ob sich die beiden Buben nicht vielleicht hinter meiner Kühltruhe verkrochen haben?«

Die Stimme der blonden Frau klang schnippisch. »Frau Asmus, ich versuche, etwas mehr Licht in einen ernsten Fall zu bringen. Ein Verbrechen ist definitiv nicht auszuschließen. Kindsentführung, Misshandlung, Tötung, Organentnahme, Verkauf an internationale Kinderbörsen, wer kann das schon wissen.«

»Schon klar, in der Reihenfolge«, brummte Karla.

Vanessa Kreuzke tat, als hätte sie nichts gehört. Sie zückte einen Stift und machte sich schreibfertig. »Sie sind ja oft hier an der Promenade und sehen viel. Ist Ihnen denn irgendetwas aufgefallen, was mit dem Verschwinden der Kinder zu tun haben könnte?«

Karla dachte nach, dann zog sie die Mundwinkel nach unten und schüttelte den Kopf. »Nö, nichts. Aber ich dachte, die Jungs wären eh auf und davon. Was unternimmt die Polizei denn wegen dieser Berlin-Sache?«

»Sie hat die Bundesbehörde eingeschaltet und versucht, die Bahnreise der beiden nachzuvollziehen. Bis jetzt zwar ohne Erfolg, aber die Hinweise des Busfahrers sind natürlich viel wert. Trotzdem kann man nicht ausschließen, dass die Kinder noch in der Nähe sind. Und wer weiß, vielleicht haben sie hier sogar ihren Entführer getroffen.« Sie machte eine Pause und blätterte wichtig in ihrem Block. »Also, Frau Asmus. Irgendeine Kleinigkeit, etwas Ungewöhnliches, ein fremdes Gesicht, ein seltsames Auto?«

»Nein und nochmals nein.« Karla deutete entnervt zur Promenade auf die Entenschar. »Fragen Sie doch die da, die kriegen alles mit, was am See passiert.«

Die Enten warfen sich stolz in die Brust. Man traute ihnen Ermittlerfähigkeiten zu! Leider hatten sie heute Nacht ausnehmend gut geschlafen, sodass sie, selbst wenn sie der Menschensprache mächtig gewesen wären, keine sachdienlichen Hinweise hätten geben können.

Vanessa Kreuzkes Blick wurde eisig, sie senkte humorlos die Stimme. »Sehr witzig, Frau Asmus. Wenn Sie kein Interesse daran haben, unschuldigen Kindern das Leben zu retten, dann machen Sie ruhig noch mehr blöde Vorschläge.« Sie drehte sich auf dem Absatz herum und rauschte davon. Die Enten sahen ihr nach und fühlten sich gekränkt. Doch es passte zu der Frau, dass sie die Teichenten keines Blickes würdigte – sie besaß schließlich eine eigene Ente.

Die Ente von Frau Kreuzke

Die Schar wusste vom Hörensagen, dass bei der Reporterin Vanessa Kreuzke eine geheimnisvolle Ente wohnte, die bis heute noch niemand gesehen hatte. Die Menschen nannten sie »Zeitungsente«, und diese Zeitungsente sorgte trotz ihrer Abwesenheit ab und zu für Unruhe am Teich. Letzten Sommer zum Beispiel, mitten in der größten Hitzeperiode, hatte sie den Enten eine unruhige Woche beschert. Das Lokalblatt berichtete nämlich von einem Krokodil, das im See gesichtet worden sei. Die Menschen nahmen diese Neuigkeit überraschend leicht, sie badeten und plantschten wie sonst auch. Doch die Enten waren alarmiert und rechneten jede Sekunde damit, dass sich ein zähnestarrendes Maul um ihren Bürzel schließen würde. Entsprechend schwammen sie nur zögerlich, drückten sich die meiste Zeit am Ufer herum und hielten beim Gründeln die Augen weit offen. Nach einigen Tagen stellte sich allerdings heraus, dass es gar kein Krokodil gab und die ominöse Zeitungsente hinter der Meldung steckte. Die Enten empörten sich sehr. Seither waren sie nicht gut auf diese seltsame Artgenossin zu sprechen, und auf die Reporterin ebenso wenig.

Verstimmt paddelte die Schar auf den See hinaus und sah zu, wie die Menschen, einer nach dem anderen, aus dem Naturschutzgebiet gekrabbelt kamen. Die langen Gesichter verrieten ihnen, dass die Menschenjungen nicht gefunden worden waren. Vielleicht hatte auch hier die Zeitungsente ihre Flügel im Spiel, und in ein paar Tagen würde sich alles als falsch herausstellen.

Ekkehard Klinkhammer saß breitbeinig in seinem Arbeitszimmer und blätterte Papiere durch. Chantal war nicht zu Hause und hatte zum Glück den bescheuerten Köter mitgenommen, die Putzfrau hatte ihren freien Tag, die Köchin kam erst in zwei Stunden. Trotzdem hatte er aus Gewohnheit die Tür hinter sich abgeschlossen, bevor er an seinen Wandsafe getreten war.

Nun ging er Listen durch, murmelte Zahlen und machte Notizen in ein kleines Buch. Sein Notebook stand unangetastet daneben, denn das, was er gerade tat, hatte auf Festplatten, Servern und anderem neumodischem Zeug nichts verloren. O nein, bei solchen Geschäften vertraute er nur dem guten, alten Papier.

Die Glocke der Haustür erklang und ließ ihn entnervt innehalten. Wahrscheinlich ein Paketdienst, Chantal bestellte Unmengen von Weiberkram übers Internet: Schuhe, Klamotten, Schmuck für sich und den Hund und anderes, fürchterlich unnötiges Zeug. Einen Augenblick lang überlegte er, die Klingel zu ignorieren. Andererseits – es könnte ja auch etwas für ihn sein. Brummend packte er die Papiere zusammen, verschloss den Tresor und ging in den Eingangsbereich.

Klinkhammer wunderte sich, dass der Paketbote direkt an der Tür klingelte, denn die Villa war durch einen Zaun und ein schmiedeeisernes Tor von der schnöden Außenwelt abgeriegelt. Sicherlich war das

Weib wieder einmal zu blöd gewesen, den Knopf der Fernbedienung zu drücken und das Tor zu verschließen.

Als er die Tür öffnete, standen zwei Gestalten vor ihm, die weder eine Paketbotenuniform trugen noch besonders freundlich aussahen.

»Was …?«, fing er an, als ihn der erste Schlag auch schon in den Magen traf. Der Baulöwe gab ein ersticktes Grunzen von sich und klappte zusammen wie ein Taschenmesser. Die Männer schleuderten ihn mit einem Stoß in den Flur, traten ein und zogen die Eingangstür hinter sich zu.

Am See hatten sich die Menschen zerstreut, es herrschte ruhiger Mittagsbetrieb. Die Enten waren an der Promenade zusammengekommen, denn Martin war da. Heute hatte er allerdings keine spaßigen Geräte dabei, sondern saß nur still auf einer Uferbank. Probeweise führten die Enten eine kleine Performance auf, doch er reagierte nicht. Ziemlich schnell verloren sie das Interesse und fingen an zu gründeln, nur Charlie beobachtete ihn weiter und fragte sich, warum er so traurig aussah. Ob es etwas mit den lauten Gesprächen zu tun hatte, in die er gestern verwickelt gewesen war?

Von hinten trat ein groß gewachsener Mann im Anzug an ihn heran. »Hallo, Martin. Störe ich?«

»Oh, hallo, Herr Gregorius. Nein, gar nicht. Ich male mir gerade die Zukunft in den schwärzesten Farben aus, da bin ich für jede Ablenkung dankbar.«

Kai Gregorius setzte sich. Martin holte Luft. »Danke noch mal, dass Sie gestern bei der Debatte meine Position unterstützt haben. Ich wusste gar nicht, dass Sie und Ihre Partei ein so großes Interesse am Naturschutz haben.« Er machte eine Pause und fuhr verlegen fort: »Bis gestern war ich zugegebenermaßen der Meinung, dass Ihr Programm sich eher an wirtschaftlichen als an ökologischen Fragestellungen ausrichtet.«

Der andere lächelte schmal. »Nun, manchmal muss man eben über den eigenen Tellerrand hinausschauen, nicht wahr? Schließlich geht die momentane Entwicklung jeden in der Stadt etwas an. Wie schätzen Sie die Situation denn ein?«

»Um ehrlich zu sein: schlecht. Christine Jansen, die Anwältin, hat am Anfang ganz große Wellen gemacht – natürlich könne man da juristisch vorgehen und so weiter. Aber jetzt rudert sie plötzlich zurück. Wenn Klinkhammer die endgültige Genehmigung erhält, macht er innerhalb eines halben Tages das östliche Ufer dicht, und dann ist meine Doktorarbeit gestorben. Dann kann ich die

Lauschbojen vergessen und die Sonaruntersuchung sowieso.«

Gregorius nickte nachdenklich. Dann fragte er mit beiläufigem Unterton: »Diese Sonaruntersuchung, die würde tatsächlich den kompletten Seegrund abbilden? Das kann ich mir als Laie gar nicht vorstellen.«

»Doch, klar, genau so funktioniert's. Am Ende dieser Untersuchung steht eine dreidimensionale Computerdarstellung, die jedes Detail des Untergrundes als Umriss darstellt. Ein Drahtgittermodell, komplett aufgelöst, voll skalierbar.« Seine Stimme wurde bitter. »Ist aber alles in weite Ferne gerückt, die schlechten Nachrichten sind nämlich noch nicht zu Ende. Heute früh kam ein Fax vom Bürgermeisteramt. Die Stadt stellt mit sofortiger Wirkung die finanzielle Unterstützung meiner Arbeit ein. Sparzwänge, knapper Haushalt, bla, bla, bla.« Er machte eine unwirsche Handbewegung. »Das ist Pallgrafs Rache für den gestrigen Streit auf der Promenade, jede Wette. Er weiß ganz genau: Ohne Mittel sind meine Forschungen hier ganz schnell am Ende. Aber er kapiert nicht, um was es geht. Wenn die ganze Brühe erst mal grün ist vor lauter Algen und die Fische mit den Bäuchen nach oben schwimmen, dann wird er endlich aufwachen, aber dann ist's zu spät.«

Er ließ die Luft aus den Lungen und sackte zusammen. Gregorius schaute den Biologen von der Seite an. »Nun lassen Sie mal den Kopf nicht hängen, Martin. Ich bin der Meinung, dass Sie hier gute und wichtige Forschungsarbeit leisten, die auf jeden Fall weitergeführt werden soll. Ich werde im Stadtrat ein paar Strippen ziehen. Wir finden schon einen Weg für eine weitere Förderung. Zumindest diese Sonaruntersuchung sollten wir aktiv vorantreiben.«

Martin nickte ohne rechte Überzeugung. »Das wäre natürlich ein Traum. Im Moment sitze ich nämlich ganz schön auf dem Trockenen. Wie man es dreht und wendet: Ich brauche Kohle, ansonsten muss ich meine Sachen packen und vom See verschwinden.«

Die Enten, die bis jetzt mit mäßigem Interesse zugehört hatten, schauten sich alarmiert an. Wie war das? Kein Biologen-Martin mehr? Keine Unterhaltung mit lustigen Kästen und gläsernen Röhren? Kaum waren die Männer gegangen, paddelten sie zu einem Krisenkreis zusammen.

»Da müssen wir etwas tun! Wir wollen Martin behalten, und wir wollen, dass er wieder lacht«, fasste Konstanze die allgemeine Überzeugung zusammen.

»Auf jeden Fall! Ich habe eine wunderschöne Tauch-Flatter-Kombination mit leicht überstrecktem Kopf eingeübt, die ich ihm demnächst vorführen will«, prahlte Tilda. Die anderen schnatterten bewundernd. Bestimmt würde der Biologe, wenn er wieder gute Laune hätte, nach Tildas Auftritt etwas in sein Büchlein notieren. Die Enten vermuteten lange schon, dass er die einzelnen Vorführungen und Choreografien bewertete und ihnen irgendwann eine Gesamtnote mitteilen würde.

Charlie dachte laut nach. »Worum ging es in dem Gespräch genau? Worüber haben sie geredet?«

»Über, hm, über ...« Es war Magnus anzusehen, wie schwer ihm das Grübeln fiel. Unwillkürlich spannte er seine Muskeln an, als wäre sein Gehirn darin untergebracht. »Über eine Frau Anwältin, die Wellen macht und zurückrudert.«

Die übrigen nickten. Richtig, die Wellenfrau war ein Thema gewesen. Sie hatten in letzter Zeit zwar keine Wellen bemerkt, aber vielleicht war die Frau ja nachts rudern gewesen.

»Ein Drahtgitter! Es wurde über ein Drahtgitter gesprochen«, quakte Fräulein Schmitt altklug.

»Widerlich!« Mechthild, eines der Tratschweibchen, verzog angeekelt den Schnabel. Sie hatte recht, Drahtgitter waren tatsächlich ein Problem. Manchmal lagen sie am Ufer bei den Anglern, oder Kinder ließen sie liegen, nachdem sie etwas gebastelt hatten. Man verfing sich leicht in solchen Drahtgittern, besonders der dicke Linus hatte aufgrund seiner Fehlsichtigkeit mehr als einmal hilflos darin gebaumelt und musste befreit werden.

Eddie schlenkerte den Bürzel. »Da brauchen wir uns keine Sorgen zu machen. Martin hat gesagt, das Drahtgitter ist komplett aufgelöst, ich erinnere ich mich genau.«

Die Enten waren beruhigt. Ein aufgelöstes Drahtgitter stellte keine Gefahr mehr da.

»Aber er hat noch etwas gesagt. Das Wichtigste nämlich, ganz am Schluss!« Charlie rührte im Wasser herum, als würden die Worte dort stehen. »Erinnert ihr euch?« Erwartungsvoll schaute sie die anderen an.

»Dass er auf dem Trockenen sitzt?«, schlug Lilli zaghaft vor. Die Entenschar schüttelte die Köpfe. Natürlich hatte Martin auf dem Trockenen gesessen, nämlich auf der Bank. Es war ihnen schleierhaft, warum das extra erwähnt worden war. Menschen saßen nicht im Wasser, wenn sie sich miteinander unterhielten.

»Nein, das meine ich nicht.« Charlie war aufgeregt. »Er braucht Kohle. Wisst ihr's noch? Ohne Kohle muss er seine Sachen packen und verschwinden.«

Die übrigen starrten sie an wie eine Erscheinung. Natürlich, das war's, das war die Lösung! Vor Erleichterung gönnten sie sich spontan einige Übersprunghandlungen, tauchten, schlugen mit den Flügeln und quakten durcheinander.

Wenn Martin Kohle brauchte, wussten die Enten, wo es welche gab. Und die würden sie ihm bringen.

Es herrschte eine gespannte Erwartung innerhalb der Entenschar. Endlich war die Sonne untergegangen, die Dunkelheit machte sich über dem See breit. Wie einige Nächte zuvor ließen die kühlen Nachttemperaturen Dunstschleier über dem Wasser schweben. Ideale Voraussetzungen für den Plan zur Rettung von Martin.

Wie eine Flotte schwarzer Geisterschiffe paddelten die Enten zum unbefestigten Ostufer, sogar der General war dabei. Der greise Erpel litt unter Schlaflosigkeit und zog nachts des Öfteren einsam seine Runden, also hatte er sich entschlossen, die Schar bei dieser wichtigen Mission zu begleiten.

Alle waren nervös, denn nachts trieben sich hier Füchse und anderes Gesindel herum, dem man als harmloses Fettgeflügel rasch zum Opfer fiel. Es war beruhigend, dass Magnus an der Spitze des Stoßtrupps mitpaddelte. Der starke Erpel würde es jedem Fressfeind zeigen, da waren sich die Enten sicher.

Vorsichtig stiegen sie an Land und ließen den dicken Linus voraustrotten, damit er die Schar weiterführen konnte. Aufgrund seiner besonderen Spinnennetz-Jagdstrategie kannte er sich hier bestens aus, er watschelte zielsicher durch das Unterholz und führte seine Mitenten zu einem freien Platz. Sie wandten die Köpfe ab und verzogen die Schnäbel, einige erlitten sogar einen spontanen Anflug von Migräne. Dieser Platz barg eine unangenehme Erinnerung.

Das besessene Baguette

Vor einiger Zeit war mitten in der Nacht am Westufer ein merkwürdig flackerndes Licht erschienen. Rhythmische Geräusche und lachende Menschenstimmen hallten über das Wasser. Die Enten – wachgeworden durch den Lärm – ruderten neugierig heran und erspähten einige Jungmenschen, die um ein Feuer herumhockten, riesige Würmer an Stöcken darüber brieten und Baguette kauten. Die rhythmischen Geräusche kamen aus einem der kleinen, flachen Kästen, in die die Menschen üblicherweise hineinsprachen. Das Ganze wurde zusätzlich beleuchtet von einer Taschenlampe, die die Jungmenschen mithilfe eines Drahtes an einem der Bäume befestigt hatten. Man lachte und trank aus Flaschen.

Bevor sich die Enten wundern konnten, erschienen zwei weitere Menschen, die seltsame Mützen trugen. Sie schlugen einen barschen Ton an, worauf sich ein Disput entwickelte. Ein Jungmensch schaltete schließlich die Geräusche ab, ein anderer schüttete den Inhalt seiner Flasche in die Flammen und ließ sie zischend erlöschen. Die Reste des Baguettes flogen ebenfalls auf den Boden. Die Jungmenschen wollten gehen, doch die

Mützenträger zeigten immer wieder auf die Flaschen in ihren Händen. Sehr verärgert entleerten die Jungmenschen diese, erst dann durften sie den Platz verlassen.

Nachdem Ruhe eingekehrt war, stürzten sich die Enten auf das Baguette. Es war herrlich weich und hatte einen ganz besonderen Geschmack, denn die Jungmenschen hatten beim Ausleeren ihrer Flaschen nicht nur den Boden, sondern auch das Baguette durchfeuchtet. Nach kurzer Zeit machte sich eine merkwürdige Veränderung breit. Die Enten bemerkten, dass sich der See drehte. Der Boden hielt ihre Schwimmfüße fest und ließ sie stolpern, sie wurden von einem unbändigen Schnatterbedürfnis erfasst und hatten trotzdem Mühe, verständlich zu quaken.

Zunächst fanden sie diese Veränderung lustig, sie alberten herum und zwickten sich gegenseitig in den Bürzel. Als sie aber nach langen Irrwegen an ihrem Uferschlafplatz angekommen und innerhalb von Sekunden eingeschlafen waren, lauerte am nächsten Morgen eine böse Überraschung auf sie. Das Tageslicht schmerzte grauenvoll in ihren Augen, die Köpfe dröhnten, und jedes noch so kleine Geräusch hallte wie Donner in ihren Ohren. Keine Ente konnte bis zum Mittag auch nur eine einzige Schnecke verspei-

sen, schon der Gedanke daran ließ Übelkeit aufsteigen. Die Enten kamen zu dem Schluss, dass das Baguette von einer bösen Macht besessen gewesen sein musste. Seither hatten sie eine Abneigung gegen französisches Weißbrot.

Diese unangenehme Erinnerung befiel die Enten, als sie ebenjenen Platz betraten. Sie hofften, dass sich die böse Macht nicht noch irgendwo herumtrieb. Lilli wurde sogar so nervös, dass sie anfing zu hyperventilieren und beruhigt werden musste. Doch es war keine Macht zu sehen. Auch kein Baguette. Nur der Draht, mit dem die Taschenlampe befestigt worden war, hing noch immer vom Baum herab wie ein Angelhaken auf dem Trockenen.

Das, was die Enten suchten, lag auf dem Boden vor ihnen, mattschwarz und glänzend. Denn sie erinnerten sich trotz des besessenen Baguettes sehr genau an das Wort, das die Mützenträger benutzt hatten: Kohle.

»Da ist sie!«, raunte Charlie, während sich die Schar ehrfürchtig um das schwarze Häuflein sammelte. Die Kohle ließ sie Hoffnung schöpfen, Martins Probleme lösen zu können. Warum diese Kohle so wichtig für ihn war und er ohne sie vom See verschwinden musste, konnten die Enten zwar nicht nachvollziehen, aber es war ihnen auch egal. Es gab so vieles, was sie an den Menschen nicht verstanden. Hauptsache, Martin wurde wieder fröhlich.

Hurtig gingen sie an die Arbeit. Tilda, Konstanze, Charlie und Hennes lockerten die Kohlebrocken mit ihren Schnäbeln auf, Mechthild, Annegret und Lilli befreiten sie von Grünzeug und Blättern, während der General danebenstand und sinnlose Befehle murmelte. Der dicke Linus war mit Magnus und Eddie im Unterholz verschwunden, er hatte einen Plan, wie die Kohle transportiert werden konnte. Bald schon kamen sie zurück, Magnus zerrte ein grünbraunes Etwas hinter sich her. Die Enten waren begeistert: ein Rucksack.

Der Rucksack, den Linus gestern auf seiner Nachmittagstour entdeckt hatte, wurde von Magnus' starkem Schnabel aufgehalten, die Übrigen schnäbelten die Kohlebrocken hinein. Charlie hielt die Luft an, während sie schaufelte. Die Kohle roch eklig und hinterließ einen bitteren Geschmack, wenn man etwas davon in den Schnabel bekam. Was fanden die Menschen nur daran?

Endlich war der Boden freigeräumt und der Rucksack gefüllt, nun kam der härteste Teil der Arbeit. Magnus legte sich die Trageriemen wie ein Geschirr um und zog, die Übrigen schoben. Am Wasser bildeten Hennes, Mechthild, Eddie und Konstanze eine gefiederte Schwimmplattform, auf die Magnus und Linus den Kohlerucksack hinaufwuchteten. Der

General beaufsichtigte die Arbeiten. Dergestalt belastet paddelten die Enten in den Dunst hinein, der in Schleiern über den See zog. Sie lagen tief im Wasser und drohten zu kentern. Der anderen Enten hielten sie aufrecht und sorgten dafür, dass die wackelige Konstruktion eine Entenlänge nach der anderen zurücklegte.

Charlie presste ihren Kopf angestrengt gegen Hennes' Seite und war so damit beschäftigt, keine Daunen in den Schnabel zu bekommen, dass sie die gemurmelte Bemerkung des Generals zunächst nicht wahrnahm. Erst als er weiter vor sich hin schnatterte, hörte sie genauer hin.

»Fremde Ente. Fremde Ente im See«, brummte der greise Erpel und schüttelte missmutig den Kopf.

Wie war das? Eine fremde Ente? Charlie schaute sich um und versuchte, den allgegenwärtigen Dunst mit ihren Augen zu durchdringen. Da! Tatsächlich! Eine halbe Sekunde lang erspähte sie eine Entensilhouette in der Nähe des Ostufers, doch da quakte Hennes auch schon panisch in ihr Ohr: »Gegendruuuuuck!« In Zeitlupe kippte er vornüber, Charlie hielt dagegen, so fest sie konnte. Kaum war das Gespann wieder im Gleichgewicht, schaute sie zurück, doch die Ente war vom Dunst verschluckt worden. Im Geist zählte sie nach und kam zu dem Ergebnis, dass alle Mitglieder der Schar entweder am Schlafplatz geblieben oder auf die Mission mitgekommen waren. Die Silhouette war ihr außerdem nicht bekannt vorgekommen. Trieb sich tatsächlich eine fremde Ente am See herum?

Charlie musste ihre Grübelei zurückstellen, denn das entelige Floß erreichte die Strandpromenade. Mit vereinten Kräften wurde der Rucksack samt seiner wertvollen Fracht hochgehievt und mitten auf den Weg gelegt. Die Enten wollten, dass Martin gleich morgen früh die Überraschung finden würde. Das große, runde Zeichen, das den Rucksack zierte, fanden sie besonders hübsch, sie zupften so lange an dem Stoff herum, bis es weithin zu sehen war.

Nun endlich zogen sie sich zu ihrem Schlafplatz zurück, und sogar das Gezanke um die jeweilige Ruheposition ging rasch zu Ende. Zufrieden steckten die Enten ihre Köpfe unter die Flügel. Nun würde alles wieder in Ordnung kommen, da waren sie ganz sicher.

Eine Stunde später erschien eine Gestalt in schwarzen Kleidern am unbefestigten Ufer zwischen Promenade und Naturschutzgebiet. Sie schleppte eine Last und keuchte verhalten. Eine große Box wurde in den Sand gestellt, die Gestalt wischte sich den Schweiß von der Stirn und wartete, bis sie wieder zu Atem kam.

Dann fing sie an, kleinere Gefäße aus der Box zu räumen und diese an der Wasserlinie aufzureihen. Alle paar Minuten hielt der Schatten inne, hob den Kopf und vergewisserte sich, dass auf der fernen Promenade niemand zu sehen war und nirgendwo ein Licht anging. Als die Box leer war, kauerte sich die Person ans Ufer, fuhr plätschernd mit der Hand durch das Wasser und beobachtete, wie die Wellen in den Dunst hineinliefen und verblassten. Dann schraubte sie das erste Gefäß auf.

*Donnerstags hallt ein Schrei, ein Astronaut schwitzt, der B*ürgermeister zerstört die Stadt, *darüber hinaus sorgen ein sehr kleiner Teich, ein toter Papierkorb und eine Stimme aus dem Jenseits* für Unruhe.

Es war kühl am nächsten Morgen. Der Dunst hing noch immer wie eine graue Decke über dem Wasser, wenngleich die Sonne die Nebelschicht bereits ausgedünnt hatte. Charlie stand neben dem Kiosk und fing mit einer eleganten Bewegung einen Brezelbissen mitten im Flug.

»Tja, von den Buben noch immer keine Spur.« Karla schüttelte sorgenvoll den Kopf und blätterte durch den Neukirchener Anzeiger. Der frischen Temperatur setzte sie eine Kapuze und einen Schal entgegen, statt Kaffee gab es heute Tee. Die Zigarette brannte. »Dabei hat die Polizei jede Menge Überwachungsvideos ausgewertet und sämtliche Zugbegleiter befragt. Man kann nur hoffen, dass den beiden nichts passiert ist, die Welt ist manchmal ja so schlecht.« Sie deutete mit dem Kinn in Richtung des Bootshauses, das sich in einiger Entfernung an der Promenade erhob. »Dort zum Beispiel. Irgendjemand hat sich heute Nacht schon zum zweiten Mal am Schloss vom Bootshaus zu schaffen gemacht und es aufgekriegt. Ich meine – nicht, dass es schwer zu knacken ist, und nicht, dass es da drin irgendetwas Wertvolles außer halb kaputten Booten gibt, aber na ja. Für meinen Geschmack passiert gerade ein bisschen zu viel hier in Neukirchen.«

Die Enten kannten das Bootshaus, sie hatten schon öfter hineingelugt, wenn die große Schiebetür offen stand. Es befanden sich Bootsrümpfe darin, aber seltsamerweise nicht im Wasser, wo sie hingehörten, sondern auf dem Trockenen.

Karla nippte am Tee und verschluckte sich fast, als sie die nächste Seite aufblätterte.

»Da! Sag ich's nicht? Siehst du, was ich meine?« Mit der Faust schlug sie auf das Papier. »Genau deshalb habe ich mein Pfefferspray! Die sollen ruhig mal herkommen, die baller ich zu, bis ihnen die Pupillen wegfliegen, das kannst du aber glauben!«

Charlie schaute höflich auf die rote Metalldose, die Karla unter ihrem Tresen hervorholte und mit grimmigem Gesicht schüttelte. Sie hatte keine Ahnung, warum die Frau sich so echauffierte, hoffte aber auf eine baldige Erklärung. Diese folgte, als Karla die Zeitung hochriss.

»Hier! Gestern haben sie unseren Baubonzen vertrimmt, den fetten Klinkhammer. Ordentlich aufs Maul, und das auch noch in seinem eigenen Hausflur. Stell dir das mal vor, Kleines!«

Charlie stellte es sich vor. Wenn sie daran zurückdachte, wie der dicke Mann sich vorgestern hier am See aufgeführt hatte, konnte sie sich denken, dass ihm eine Menge Leute gern mal eine »ordentlich aufs Maul« geben würden. Vielleicht sogar Martin.

Apropos. Ein schneller Seitenblick zeigte ihr, dass der wertvolle Rucksack nach wie vor auf dem Weg lag. Bis jetzt war noch niemand dort gewesen, aber nun wurde das Wetter mit jeder Minute besser, der Dunst war fast verschwunden. Bald würden Leute erscheinen, und Martin war meist einer der Ersten am See.

Derweil spendierte Karla eine weitere Laugenrunde und kicherte. »Andererseits, manchmal trifft es schon die Richtigen. Diese Qualle Klinkhammer ist falsch bis auf den Grund seiner schwarzen Seele. So eine Tracht Prügel ist nicht das Schlechteste für den, wenn du mich fragst.« Sie beugte sich vor und senkte die Stimme, als würde sie ein großes Geheimnis verraten. »Ich sag's dir: Der versteckt sein wahres Gesicht! Genau das tut er, und wenn wir das mal zu sehen kriegen, dann wissen wir auch, was hier am See vor sich geht. Aber dann wird's zu spät sein!« Sie nickte triumphierend und stemmte die Arme in die Seite.

Charlie dagegen grübelte, welches Gesicht Klinkhammer wohl verstecken mochte. Ob er sein Gesicht abnehmen konnte wie Kai Gregorius seine schwarze Haut nach dem Tauchen? Während sie weiter darüber nachdachte, erscholl der schrille Schrei einer Frau. Charlie fuhr herum.

Der Dunst war weg, man sah den Wasserspiegel des Sees. Aber was für ein Wasser! Der gesamte Bereich zwischen Naturschutzgebiet und Promenade leuchtete in einem unnatürlichen grellen Grünton und sah aus wie eine giftige Suppe. Eine ältliche Frau stand auf dem Weg und hatte vor Entsetzen die Hand vor den Mund geschlagen, aus dem gerade der Schrei entwichen war. Ihr Mann war einige Schritte vorangegangen und stand vor einem Rucksack. Der Rucksack bestand aus grün-braunem Armeestoff, dessen Warnzeichen für Radioaktivität in der Vormittagssonne wie ein böses Auge glomm. Die Blicke des Mannes zuckten zwischen dem Zeichen und dem giftgrünen Wasser hin und her, seine Lippen fingen an zu zittern.

Charlie hatte keine Ahnung, was genau vorging. Aber sie spürte, dass gerade etwas gewaltig schieflief.

Eine Stunde später war der südwestliche Teil des Sees abgeriegelt. Einsatzfahrzeuge mit zuckenden Blaulichtern parkten die Promenade zu, Feuerwehrleute liefen durcheinander, komplett in ABC-Anzüge gehüllt und einem nur ihnen bekannten Plan folgend. Auch die Männer von der DLRG, die am Westufer oberhalb der Promenade mit einem Wachhaus und einem Boot vertreten waren, standen mit sorgenvollen Mienen dabei. Die Polizei war bemüht, die Schaulustigen zurückzudrängen, doch diese schafften es immer wieder, ein Schlupfloch zu finden und sich nach vorne zu schieben. Mutmaßungen und Verdächtigungen schwirrten umher, man vermutete, nein, man wusste, dass die RAF, der IS und die Neonazis dahintersteckten, nur über die Reihenfolge war man sich noch nicht ganz einig. Etwas abseits standen die Tollen Hechte und kratzten sich die Köpfe. Sie befürchteten, die Stadtverwaltung könnte eine radioaktive Verseuchung des Sees zum Vorwand nehmen, das Tauchverbot bis auf Weiteres aufrechtzuerhalten.

Zwischen dem giftgrünen Wasser und den Einsatzkräften waren die Enten eingezwängt. Sie trauten sich noch nicht einmal, aufzuflattern und irgendwo anders hinzufliegen, so sehr waren sie von dem Auflauf eingeschüchtert. Lilli hatte schon zweimal hyperventiliert, und sogar den Tratschweibchen fielen keine gehässigen Kommentare ein.

Etwas abseits stand Linus, die Übrigen bemühten sich, ihm nicht zu nahe zu kommen. Der dicke Erpel schillerte giftgrün, denn er war heute früh, schläfrig und fehlsichtig, als Einziger in das farbige Wasser gestiegen. Das beunruhigte die Enten, hatten doch zwei DLRG-Leute vorhin im Gespräch gemutmaßt, diese grüne Brühe würde alles, was hineinfiele, ohne Erbarmen auflösen. Nun wurde Linus verschämt beobachtet, ob er schon anfing, sich aufzulösen.

»Sind ... sind wir das gewesen?«, fragte Hennes beklommen. »Hat der Rucksack das Wasser grün gemacht?« Seit er gemerkt hatte, dass nicht nur das farbige Wasser, sondern auch der Kohlerucksack im Mittelpunkt des Menscheninteresses stand, machte er sich Sorgen. Doch Charlie schüttelte den Kopf.

»Nein, da muss etwas anderes dahinterstecken. Etwas ganz anderes.« Ihr Gehirn rotierte. Hatte die fremde Ente, die sie gestern gesehen hatte, vielleicht etwas mit der grünen Brühe zu tun? Oder der Taucher, der sich als Kai Gregorius entpuppt hatte? Und was war mit Klinkhammer? »Der versteckt sein wahres Gesicht«, hatte Karla gesagt, bevor der Schreckensschrei erklungen war. All das gab ihr zu denken.

Sie wurde abgelenkt, als der General an ihr vorbeiwatschelte und dabei betrübt in den verfärbten See starrte. Wie so oft murmelte er vor sich hin.

»Grünes Wasser, grüne Kiste. Fremde Ente, fremder Mann.«

Wie war das? Charlie eilte ihm nach. Der Erpel hatte gestern Nacht mit seiner Bemerkung über die fremde Ente ja auch recht gehabt. Was wollte er nun sagen?

»Was für eine Kiste? Was für eine Ente, was für ein Mann?«

Doch der General schüttelte nur sorgenvoll den Kopf. »Bunte Raschelsachen. Keine gute Nacht, nie mehr«, schnatterte er und wandte sich ab. Halblaut ließ er durchblicken, dass es so etwas wie grünes Wasser zu seiner Zeit nicht gegeben hätte und dass früher sowieso alles besser gewesen war.

Charlie gab auf. Sie wusste, dass der greise Erpel in seiner eigenen Welt lebte. Doch ihr ungutes Gefühl verstärkte sich. Etwas Geheimnisvolles ging am See vor, so viel war klar.

Magnus reckte den Kopf. »Wann kommt Martin denn endlich?« Der Erpel hatte noch nicht kapiert, dass die Kohle-Aktion keine gute Idee gewesen war und Martin sich nicht unbedingt darüber freuen würde. Doch keiner achtete auf Magnus, denn eben tat sich etwas auf der Promenade.

Drei Kleinbusse mit dunklen Scheiben kamen angeschossen und hielten mit quietschenden Reifen direkt vor Waldis Bootshaus. Männer in schwarzen Uniformen sprangen heraus, bellten sich Befehle zu und hantierten an Apparaten herum.

»Na endlich, der Katastrophenschutz.« Waldi stand gemeinsam mit Karla und den Tollen Hechten jenseits der Absperrung. Gespannt schaute er zu, wie die Männer Messgeräte in die Luft hielten und auf Laptops tippten. Einer, der statt der schwarzen Uniform einen orangefarbenen Chemikalienschutzanzug und eine Schutzmaske trug, trat ans Ufer und öffnete einen Kasten mit Fläschchen. Während er anfing, Wasserproben zu entnehmen, stieg aus einem der Busse ein weißer Gigant. Es war ein Mann, der in einem gewaltigen Schutzanzug steckte und sich mit den wiegenden Schritten eines Astronauten fortbewegte. Langsam näherte er sich dem Rucksack. Alle möglichen Messgeräte piepten, sein Atemsystem zischte, das Gesicht hinter der Glasscheibe schwitzte. In der Hand hielt er eine Stange, an der ein elektrischer Greifer angebracht war. Damit packte er den Rucksack und hob ihn Zentimeter für Zentimeter hoch. Die Menschen hinter der Absperrung hielten den Atem an. Was würde darin sein? Uranbrennstäbe? Waffenfähiges Plutonium? Eine Atombombe?

Heraus fielen jedoch nur nasse Grillkohle und eine leere Chipstüte. Der Astronaut starrte ungläubig darauf. Nachdem er seine Messgeräte darüber gehalten hatte, gab er den schwarzen Männern ein Zeichen und schüttelte gut sichtbar den Kopf. Seine Kollegen fingen wieder an, Befehle zu bellen, an einem der Kleinbusse schob sich eine weitere Tür auf. Zwei Männer stiegen aus, die in hermetisch abgeschlossene Tauchanzüge gehüllt waren. Futuristische Vollgesichtsmasken ließen sie wie Sternenkrieger aus einem Science-Fiction-Film aussehen.

»Hoho, Kampftaucher.« Waldi schien das Ganze als eine Art Actionfilm ohne Eintrittsgeld anzusehen und fuhr sich aufgeregt über die Glatze. »Die gehen jetzt rein und suchen nach der Ursache für das grüne Zeug.«

Seine Schwester Karla schaute sich suchend um.

»Sagt mal, wo ist eigentlich der Bürgermeister? Weiß der denn überhaupt, was hier los ist?«

Bürgermeister Gerd Pallgraf war noch völlig ahnungslos. Er hatte morgens eine Besprechung mit der Anwältin Christine Jansen gehabt, die sich um sämtliche rechtliche Belange der Gemeinde kümmerte. Den Rest des Vormittags verbrachte er bei der 25-Jahr-Feier der Neukirchener Seniorenresidenz »Dritter Frühling«. Um die zahlreichen Festredner nicht zu stören, hatte er sein Handy ausgestellt. Die Aula des Gebäudes war festlich geschmückt, in der Mitte prangte eine Torte. Diese war ein Geschenk der BFVGN, der Bäckereifachverkäufergenossenschaft Neukirchen, und sie stellte die Stadt im Miniaturformat dar, komplett mit Bebauung, See und Naturschutzgebiet. Die Kinder der örtlichen Grundschule hatten den gestrigen Tag damit verbracht, Marzipanfiguren zu kneten und das Liliput-Neukirchen damit zu beleben. Jenseits der Tortenlandschaft erhob sich ein stählerner Wald aus Krücken und Rollatoren. Die Bewohner der Seniorenresidenz warteten geduldig, bis die Reden endlich vorbei waren und sie sich über die Mini-Stadt hermachen konnten wie weiland Godzilla über Tokio.

Pallgraf räusperte sich und trat ans Mikrofon. Er war der letzte Redner, danach sollte der informelle Teil des Festakts beginnen. Vanessa Kreuzke nahm als pflichtbewusste Reporterin des Neukirchener Anzeigers den Feiertermin ebenfalls wahr und schoss zwei Fotos von ihm.

»Sehr geehrte Damen und Herren, liebe Seniorinnen und Senioren, meine hochverehrten Mitbürgerinnen und Mitbürger. An diesem Tag …« Er stockte und blickte irritiert zur Seite. Seine blonde Assistentin samt Klemmbrett trat an ihn heran.

Vanessa Kreuzke spitzte die Ohren, als die beiden flüsterten. Sie konnte außer dem Wort »Kampftaucher« nichts verstehen, doch das Resultat der Tuschelei war mehr als sehenswert. Noch Monate später sollten sich die rüstigen Leutchen im »Dritten Frühling« darüber amüsieren, wie Bürgermeister Pallgraf an Farbe verlor, sich schwächlich am Mikrofonständer festhielt und mit dem Gesicht voraus in die genossenschaftliche Stadtnachbildung klatschte.

Am See hatte sich der Oppositionsvorsitzende Gregorius an den Feuerwehrleuten vorbei zu den schwarz gekleideten Gestalten vorgearbeitet und redete wie ein Buch. Der Leiter des Katastrophenschutzes, ein kerniger Mann mit dem passenden Namen Vierschröter, schüttelte entschlossen den Kopf.

»Keine Chance, die öffentliche Sicherheit geht vor. Wir müssen die Taucher da runterschicken, da kann sonst was liegen und vor sich hin rosten. Rüstungsaltlasten, Chemikalienfässer, alles Mögliche.«

Gregorius rang die Hände. »Aber ... vielleicht sollten wir erst noch etwas warten. Nichts überstürzen, verstehen Sie?«

Vierschröter schaute ihn verständnislos an. »Warten? Worauf? Auf besseres Wetter?«

»Nun ja, möglicherweise bringen Sie Ihre Männer in Gefahr da unten. Oder die Taucher machen alles nur noch schlimmer, wer weiß, sie reißen ein Leck oder so.«

Die Adern des Einsatzleiters schwollen an. »Hören Sie, meinetwegen können Sie zehnmal Abgeordneter sein, aber für meine Männer lege ich die Hand ins Feuer. Die wissen sehr genau, was sie da unten zu tun haben.« Brüsk drehte er sich zu den beiden Kampftauchern um, die am Ufer standen und auf einen Befehl warteten.

Die Enten schauten dem Treiben fasziniert zu. Ob die Taucher wieder so lange gründeln würden wie beim letzten Mal? Nur Linus war abgelenkt und überprüfte immer wieder seine grünen Flügel und Schwimmfüße, ob sich etwas aufzulösen begann.

In diesem Augenblick erschien der Bürgermeister. Trotz der angespannten Situation schnatterte die Schar erheitert. Was war denn hier los? War der Mensch in die Mauser gekommen? Weiße Flocken und gelbe Krümel klebten an ihm und ließen tatsächlich den Eindruck eines Gefiederwechsels entstehen.

Ungeachtet seines seltsamen Erscheinungsbildes trat Pallgraf resolut an den Einsatzleiter heran. »Ich bin der Bürgermeister, und da gehen keine Taucher runter.« Seine Stimme machte klar, dass er nicht zu diskutieren gedachte. Doch damit war er bei Vierschröter an der falschen Adresse.

»Sperren Sie mal die Ohren auf, und zwar ganz weit«, grollte dieser. »Wir haben hier einen Fall von übergeordnetem Interesse, damit liegt die Entscheidungshoheit bei mir. Und wenn Ihnen das nicht passt, legen die Herren da drüben«, er deutete auf die Polizisten an der Absperrung, »Ihnen gerne ein Paar Handschellen an, bis wir unsere Arbeit gemacht haben. Ist das klar?«

Die beiden Männer funkelten sich aggressiv an. Vanessa Kreuzke, die dem Bürgermeister seit dem Vorfall in der Seniorenresidenz auf Schritt und Tritt folgte, schoss ein Foto und kritzelte in ihren Block.

Inmitten des spannungsgeladenen Augenblicks erklang eine belustigte Stimme: »Leute, macht euch mal locker und trinkt einen.« Der Chemiker am Ufer erhob sich und nahm die Maske seines orangefarbenen Schutzanzugs ab. »Wie wär's mit 'ner Maibowle zur Nervenberuhigung?«

Seine Kollegen verzogen keine Miene, sie waren entweder zu cool oder an die pseudo-witzigen Kommentare des Mannes gewöhnt. Gregorius und Pallgraf hingegen fuhren mit aufgerissenen Augen zu ihm herum. Ein Grinsen breitete sich auf dessen Gesicht aus. »Sie sollten schleunigst ein Fest organisieren, Herr Bürgermeister. In Ihrem See steckt nämlich genug Waldmeisterkonzentrat, um Maibowle für die ganze Stadt anzurühren.«

»Waldmeister?«, wiederholten Pallgraf und Gregorius im Chor.

»Waldmeister.« Der Chemiker klopfte seine Knie ab. »Industrielles Konzentrat. Kriegen Sie in Großmärkten, Metro und so. Wird mit Wasser verdünnt und dann in der Gastronomie oder bei der Eisherstellung verwendet. Und wenn auf Ihrem See nicht unlängst ein Waldmeister-Tanker gesunken ist, dann hat Ihnen irgendein Witzbold eine ordentliche Ladung von dem Zeug hineingekippt.« Wieder lachte er über seinen eigenen Spruch.

Der Bürgermeister brauchte eine Sekunde, bis er den Mund wieder zuklappen konnte. »Ist ... ist es gefährlich? Ich meine ... in der Menge?«

»I wo. Das verdünnt sich und wird ratzfatz abgebaut, ist ja ein Lebensmittel.« Der Chemiker deutete auf die Enten, die in einiger Entfernung standen und wie gebannt zuhörten. »Und wer weiß, vielleicht schmeckt es ja sogar Ihren Enten.«

Die Schar ließ ein kollektives Schnattern der Erleichterung hören. Keine Gefahr! Sie wussten zwar nicht, was Waldmeister war, aber es schien Enten nicht aufzulösen. Ein zischendes Geräusch ertönte. Es kam vom grünen Linus, der einen langen Seufzer ausstieß und sich endlich traute, seine Federn abzuschnäbeln. Schmatzend klapperte er mit dem Schnabel. »Gar nicht übel, der Mann hat recht. Solltet ihr mal probieren.«

Doch keiner hörte ihm zu, weil der Bürgermeister und Gregorius gleichzeitig zu reden anfingen.

»Abblasen! Den Tauchgang abblasen. Nur ein Scherz, haha, ein Streich, Waldmeister, nichts weiter.«

Vierschröter schaute die beiden an, als hätten sie nicht alle Tassen im Schrank. Mit leichtem Kopfschütteln gab er den Tauchern einen Wink, die daraufhin zu den Kleinbussen zurückgingen.

Der Seufzer von Linus war nichts im Vergleich zu dem, den Pallgraf und Gregorius nun ausstießen.

Ekkehard Klinkhammer umklammerte das Steuer seines Porsche Cayenne, als wolle er es abbrechen. Er war auf dem Weg zum See, um es dort ordentlich krachen zu lassen. Wut tobte in ihm und wurde von den Schmerzen gesteigert, die ihm das Sitzen und die Lenkbewegungen verursachten. Jeder Knochen tat ihm weh, sein Gesicht schillerte in bunten Farben. Doch bei aller Aggressivität konnte Klinkhammer nicht leugnen, dass auch ein klein wenig Angst in ihm wohnte. Um sich von diesem ungewohnten Gefühl abzulenken, trat er brutal aufs Gas und bedrängte einige Kleinwagen, die vor ihm schlichen.

Auf der Straße kamen ihm allerlei Einsatzfahrzeuge entgegengefahren, Feuerwehr, Polizei und merkwürdige Kleinbusse mit schwarzen Scheiben. Doch all das interessierte ihn nicht, ebenso wenig wie die komische Grünfärbung des Wassers. Endlich sah er sein Ziel: Martin Friese, dieses Öko-Weichei!

»Friese, damit kommen Sie nicht durch«, brüllte er zur Begrüßung.

Die Enten erschraken und hörten auf zu trinken. Sie hatten nach der Entwarnung durch den orangefarbenen Menschen behutsam gewassert, und es war, wie sie mitgehört hatten: Keine Ente löste sich auf. Ganz im Gegenteil, das grüne Wasser schmeckte sogar überraschend gut. Zu ihrem Leidwesen begann der Grünton schon wieder zu verblassen, also hatten sie angefangen zu trinken, bis sie fast platzten und Lilli sogar einen Schluckauf bekam. Nun näherten sie sich dem Ufer. Was war heute bloß mit den Menschen los? Nur Gebrüll, Schreierei und Aufläufe!

»Da stecken Sie dahinter, Sie und Ihre sauberen Öko-Freunde. Aber eins sag ich Ihnen: Ich kriege Sie dran, und dann lasse ich Sie bluten!«

Zwischen Kai Gregorius und dem Bürgermeister stand Martin am Ufer, der erschienen war, nachdem sich die Menschenmenge verlaufen hatte. Die Enten fanden es schade, dass er nicht einmal mehr den allerkleinsten Blick auf den Kohlerucksack werfen konnte. Denn leider hatten die schwarzen Männer den Rucksack mithilfe von Stangen in eine Tüte gepackt und mitgenommen.

Die drei Männer schauten auf Klinkhammer, der wie ein wütender Stier heranstürmte.

»Herr Klinkhammer, was ist denn mit Ihnen passiert?«, fragte Gregorius leicht amüsiert, als er den derangierten Baulöwen sah. »Sind Sie unter eine Ihrer Baumaschinen geraten?«

»Das waren die Öko-Kumpels von diesem Typen da, jede Wette!« Klinkhammers dicker Finger zeigte auf Martin. »Der hat sie angestachelt, weil er weiß, dass er auf verlorenem Posten steht.«

»Herr Klinkhammer«, der Bürgermeister bemühte sich um einen sachlichen Ton, wenngleich er durch seine Krümel- und Buttercreme-Dekoration etwas an Ernsthaftigkeit einbüßte, »soweit ich weiß, haben Sie keinen der Schläger erkannt, also sollten Sie vielleicht etwas vorsichtiger sein mit Ihren Verdächtigungen.«

Im Hintergrund erschien eine Gestalt und blieb stehen, halb in den Büschen verborgen. Die Enten erkannten die Frau, die Vanessa Kreuzke hieß und »Reporterin« genannt wurde. Misstrauisch beobachteten sie, wie Kreuzke in ihrer Tasche wühlte. Hatte sie etwa ihre Zeitungsente mitgebracht und plante, diese am See auszusetzen? Doch die Frau zog nur Block und Stift heraus.

Martin verschränkte derweil die Arme und reckte das Kinn vor. »Ich muss sagen, Herr Klinkhammer, es bricht mir nicht gerade das Herz, dass Sie jemand mal ordentlich in die Mangel genommen hat. Aber ich muss Sie enttäuschen, es ist nicht meine Art, mit den Fäusten zu diskutieren. Wenn es um den Umweltschutz geht, bevorzuge ich Tatsachen und Argumente.«

Charlie paddelte in die Nähe, hörte aber nur halb zu. Sie konnte ihren Blick nicht von Klinkhammer abwenden. Tatsächlich, Karla hatte recht gehabt, bis jetzt hatte der dicke Mann sein wahres Gesicht versteckt. Nun zeigte er es, und es war grün und blau, schorfig und geschwollen. Dieses wahre Gesicht gefiel Charlie gar nicht, und ihr Gefühl wurde damit zur Gewissheit, dass Klinkhammer mit den geheimnisvollen Geschehnissen am See zu tun hatte. Aber was genau war sein Plan? Wie konnte sie es herausfinden? Sie zerbrach sich den Kopf, musste aber zugeben, dass ihre Möglichkeiten eingeschränkt waren.

Der Baulöwe brüllte derweilen eine letzte Drohung, drehte sich um und stapfte zurück zum Parkplatz. Die Reporterin hinter den Büschen schrieb eilig mit, Gregorius, Pallgraf und Martin schauten sich an.

»Als ob ich auf die Idee käme, irgendwelche Knochenbrecher loszuschicken!« Martin tippte sich an die Stirn. »Ich hoffe, Sie glauben dem Typen kein Wort. Der hat ganz eindeutig einen an der Klatsche.«

Die beiden Politiker schwiegen und waren sichtlich bemüht, nicht noch mehr Porzellan zu zerschlagen. Der Bürgermeister suchte nach einer unverfänglichen Formulierung. »Nun, ich gebe zu, dass Gespräche und Verhandlungen mit Herrn Klinkhammer nicht immer ganz … hm, einfach sind. Er lässt sich nicht gerne in die Karten schauen.«

Martin schnaufte. »Und genau da haben wir das Problem! Ich bin mir nämlich ziemlich sicher, dass unser sauberer Bauunternehmer tief drinsteckt in alldem, was hier am See vorgeht.« Er kniff ein Auge zusammen. »Ich würde einiges darum geben, ihn mal zu Hause in seiner Schickimicki-Bude belauschen zu können. Wahrscheinlich klären sich sämtliche Fragen ganz schnell, wenn man den guten Herrn Klinkhammer mal Klartext reden hört.«

Während sich die drei Männer zum Gehen wandten, merkte Charlie, dass sich ihr Gefieder wie elektrisiert sträubte. Das war die Idee! Klinkhammer musste belauscht werden. Martin hatte zwar recht, ein Mensch konnte das nicht bewerkstelligen – eine Ente aber schon.

Eilig ruderte sie zur Schar zurück, die inzwischen wieder angefangen hatte, das grüne Wasser zu trinken. Mit einem Schnabelwinken holte sie Hennes und Lilli zu sich.

»Ich weiß, wie wir das Geheimnis lösen«, quakte sie aufgeregt. »Macht euch flugfertig, wir müssen raus aus dem See.«

»Wow, fliegen. Cool.«

Hennes seihrte abenteuerlustig durch das Wasser, doch Lilli ließ vor Schreck einen doppelten Schluckauf ertönen.

»Wie?! Raus aus dem See?« Für die zierliche Ente mit dem ängstlichen Gemüt war das Gewässer Dreh- und Angelpunkt ihrer kleinen Welt. Sie hatte es bis heute, nach viel gutem Zureden von Charlie und Hennes, erst ein einziges Mal umflattert und flüchtige Blicke nach unten geworfen. Dabei war sie allerdings luftkrank geworden, sodass die drei rasch wieder wassern mussten.

»Unser Ziel«, verkündete Charlie und klappte ihre Flügel aus, »ist Klinkhammers Privatteich.«

Der dicke Linus strengte seine weitsichtigen Augen an, um eine gute Ausstiegsmöglichkeit am bewachsenen Ostufer zu finden. Er hatte die Entenschar an der Promenade zurückgelassen und war mit dem festen Vorsatz quer über den See gepaddelt, sich eine vernünftige Mahlzeit zu gönnen. Die Sache mit dem grünen Wasser hatte ihn sehr mitgenommen. Kein Wunder, man lief schließlich nicht jeden Tag Gefahr, sich aufzulösen! Ein Dutzend Spinnen samt Netzbeute, da war er sicher, würden seinem seelischen Gleichgewicht mehr als gut bekommen.

Linus fand eine passende Stelle. Seine Füße griffen, sodass er sich ohne größere Verrenkungen ans Ufer hieven konnte. Nun galt es, eine hübsche Netzstelle zu finden. Während er voranwatschelte und dabei auf das charakteristische Glitzern von Spinnweben im Sonnenlicht achtete, ertappte er sich bei der Hoffnung, einen ähnlichen Fund wie vor zwei Tagen zu machen. Den Rucksack mit den salzigen Kartoffelscheiben hatte er noch bestens in Erinnerung.

Mitten in seinen Tagträumen wurde er auf eine Bewegung aufmerksam. Vor seinen Füßen krabbelte etwas. Linus blinzelte und erkannte einen bläulichen Schimmer. Ha, ein Knusperkäfer! Diese Käfer hatten einen metallisch blauen Rücken und einen dicken Körper mit kleinen Fühlern. Und weil diese Käfer nicht nur blau waren, sondern beim Zerbeißen appetitlich knusperten, wurden sie allgemein »Knusperkäfer« genannt.

Linus nahm Maß und ließ seinen Schnabel herabsausen. Verflixt! Er hatte den Käfer knapp verfehlt und spuckte Moos aus. Der Knusperkäfer bemerkte, dass Lebensgefahr bestand, und machte sich hektisch aus dem Staub. Die blauen Insekten konnten eine beachtliche Geschwindigkeit entwickeln, vor allem auf unebenem Boden hatten ihre sechs Beine einen entscheidenden Vorteil gegenüber breiten Schwimmfüßen. Doch Linus dachte nicht im Traum daran, seine Mahlzeit ziehen zu lassen, und machte sich an die Verfolgung. Mit gesenktem Kopf, den Blick auf den unscharfen, blauen Klecks geheftet, watschelte der dicke Erpel eilig durch das Unterholz.

Ansgar Wunderlich, Steuerberater im Ruhestand, Hobbygärtner und Eigentümer eines Hauses im westlichen Teil von Neukirchen, war gerade mit der Verflechtung von Weinranken beschäftigt, als er eine ungewöhnliche Beobachtung machte. Eine Erscheinung am hellen Mittagshimmel zog seinen Blick auf sich, er ließ die Ranken sinken und schaute genauer hin. Was war das? Weil er in die Sonne blicken musste, blinzelte er und erkannte nur Umrisse. Drei fliegende Objekte näherten sich, schwenkten ein und nahmen Kurs auf das Grundstück seines Nachbarn, Ekkehard Klinkhammer. Eines der Objekte geriet ins Trudeln, fing sich aber wieder und folgte den anderen.

Für Ansgar Wunderlich war die Sache klar: Das konnten nur diese ferngesteuerten Aufklärungsdrohnen sein, von denen man in letzter Zeit so viel las. Kopfschüttelnd beobachtete er, wie die Flugobjekte tiefer gingen und hinter den Bäumen verschwanden, die das Nachbargrundstück nicht einsehbar machten.

»Der Klinkhammer, das ist so ein falscher Fuffziger, für den interessiert sich sogar schon das Militär«, murmelte er und kümmerte sich wieder um seinen wilden Wein.

Charlie, Hennes und Lilli gingen in den Landeanflug über und fuhren die Beine aus, während das Außengelände von Klinkhammers Residenz unter ihnen vorbeizog.

Mitenten hatten von dem großen, grünen Garten des Baulöwen berichtet, in dem es sogar einen Teich gab. Im Laufe schnatternder Erzählrunden waren Garten und Gewässer auf geradezu paradiesische Ausmaße angewachsen – ein eigenes Refugium ohne Fuchs, ohne nächtliche Störungen und lärmende Kinder, herrlich eingewachsen, mit vielen seichten Gründelstellen im schilfreichen Teich. Die entelige Fantasie erschuf sogar dienstbare Menschen, die mehrmals täglich unterwürfig an das Privatgewässer herantraten und Kekse und Brot anreichten. Alles, nur kein Baguette.

Dass die Realität weitaus nüchterner ausfiel, merkten Charlie, Hennes und Lilli bereits bei ihrer Landung. Zugegeben, der Garten war groß, aber nicht besonders schön: Es gab viel zu viel Rasen, der zudem geradezu grotesk kurz und gleichmäßig geschnitten war. Wie sollte da eine ausreichend große Schneckenpopulation heranwachsen? Die größte Enttäuschung war aber der Teich selbst. Er entpuppte sich als eckiges, rundherum gefliestes Becken mit vollkommen klarem Wasser. Nachdem die drei Enten unter Rauschen und Plätschern darin gewassert hatten, schauten sich Charlie und Hennes abschätzig an. Da redeten die Menschen ständig darüber, dass der dicke Mann so viel Geld habe, und dann konnte er sich noch nicht einmal einen ordentlichen Teich mit Ufergrün und schlammigen Untiefen leisten. Sogar das Wasser schmeckte komisch, es hatte irgendeinen unangenehmen Zusatz, der im Schnabel brannte. Lilli kam derweilen wieder zu Atem und paddelte umher, als wolle sie sichergehen, tatsächlich wieder zu schwimmen statt zu fliegen.

Der Flug war kurz, aber spannend gewesen. Denn während Charlie und Hennes ohne Probleme an Höhe gewannen, kam Lilli erst nach mehreren Startversuchen aus dem Wasser. Anschließend flatterte die kleine Ente panisch mit den Flügeln, sodass sie fast abgestürzt wäre. Doch einen Vorteil hatte die abenteuerliche Luftpartie immerhin: Lilli war dermaßen auf ihre Flugangst konzentriert, dass sie den Schluckauf glatt vergessen hatte.

»Und nun?«, quakte Hennes leise und schaute sich vorsichtig um. Es war zwar niemand zu sehen, aber an dem großen Haus, das sich direkt an die Terrasse und das Becken anschloss, stand eine Glastür offen.

Bevor Charlie etwas schnattern konnte, hörten sie das Tappen von Pfoten. Eine haarige Schnauze erschien am Beckenrand, in derselben Sekunde erklang nervenaufreibendes Gekläffe. Der Hund der blonden Frau hatte sie entdeckt.

Wie ein Gummiball sprang der Chihuahua auf und ab, sein schrilles Kläffen wurde fast zu einem Jaulen. Die Enten waren wie erstarrt, sie fürchteten sich wie alle Wildtiere vor Hunden, vor deren lautem Gebell und dem Jagdinstinkt. Doch die Situation wurde noch schlimmer: Eine Menschenstimme mischte sich in das Kläffen. Panisch paddelten sie an den vorderen Rand des Beckens, wo sie von der gefliesten Einfassung verborgen wurden. Mit einem letzten Blick erhaschte Charlie Ekkehard Klinkhammer, der aus der Glastür nach draußen trat. Er trug ein kurzes Hemd und eine kurze Hose, in einer Hand hielt er ein buntes Getränk und in der anderen einen jener Kästen, in die die Menschen gerne hineinsprachen.

Lilli hatte riesengroße Augen und presste sich an die glatte Wand. »Er ... er wird uns gleich entdecken.« Ihr leises Quaken war inmitten des Kläffens kaum zu verstehen.

»Man kann uns hier nicht sehen. Halt jetzt den Schnabel!« Charlie bemühte sich trotz der bedrohlichen Situation einen kühlen Kopf zu bewahren. Sie hörte, dass der dicke Mann in den Kasten hineinsprach, doch es war kein Wort zu verstehen vor lauter Gebell. Das merkte wohl auch Klinkhammer.

»Halt dein Maul, Töle!«, brüllte er in einer Lautstärke, die die Enten vor Schreck zusammenfahren ließ. Der Hund hörte auf zu kläffen, ließ ein schüchternes Winseln vernehmen und verzog sich vom Beckenrand. Nun konnte Charlie verstehen, was gesprochen wurde.

»Ich weiß, dass das alles nicht so sauber gelaufen ist, aber was hättest du denn an meiner Stelle gemacht? Es war einfach eine tolle Gelegenheit, um …« Er unterbrach sich und hörte zu. Ein Schnaufen war zu hören, dann fuhr er fort: »Ich hab keine Ahnung, wie Vitali davon erfahren hat. Nein, das war wie immer.« Wieder gab es eine Pause. Seine Stimme wurde unwirsch. »Was weiß ich, was mit dem passiert ist? Das ist mir auch schnurzegal. Aber dass Vitali mir seine Schläger hierhergeschickt hat, das macht mir viel mehr Sorgen.« Jetzt klang er ungeduldig. »Hör zu, das weiß ich selbst. Aber wenn das rauskommt, muss ich in den Bau, und zwar für eine lange, lange Zeit. Dir ist schon klar, dass ich da nicht besonders scharf drauf bin, oder?«

Charlie und Hennes schauten sich an. Der Bau! Sie wusste, was der Bau war, nämlich die Höhle, in der Familie Biberratte wohnte. Am östlichen Ufer gab es ein System aus schmalen Öffnungen, durch die die Biberratten ein- und ausgingen, und die Enten hatten von Martin gehört, dass diese Höhlen »Bau« genannt wurden. Sie verstanden, dass Klinkhammer sich davor fürchtete, in diesen Bau zu müssen. Ein so dicker Mann in diesem engen Erdloch, und dazu noch für eine lange Zeit … Das konnte Charlie nachvollziehen. Gespannt hörten sie weiter zu. Wer wohl am anderen Ende des schwarzen Kastens saß?

»Nein, mach dir mal keine Sorgen, ich weiß schon sehr genau, was ich tue.«

Die Stimme des Baulöwen kam näher. Ahnungsvoll richtete Charlie ihre Augen nach oben, und tatsächlich – Klinkhammers Silhouette erschien. Er war an den Rand des Beckens getreten und schaute geradeaus in den Garten, doch die Enten unter ihm waren nun voll im Sichtfeld. Würde er den Blick senken, wäre es um sie geschehen.

Die drei machten sich startklar und klappten ihre Flügel aus. Charlie wusste aber tief in sich, dass dieser Fluchtplan nicht funktionieren würde. Sie und Hennes wären zwar innerhalb einer Sekunde in der Luft, doch Lilli würde mehrere Startversuche brauchen – viel zu lange, Klinkhammer würde sie mit einem einzigen Handgriff schnappen. Wie gelähmt starrten die Enten auf den bulligen Mann.

»Also, ich hab einen Plan. Ich weiß, wie wir da unten am See alles wieder in den Griff kriegen können. Hör zu …«

Zu Charlies unendlicher Erleichterung drehte Klinkhammer sich um und ging zum Haus zurück, ohne nach unten zu schauen. Gleichzeitig wurde ihr klar, dass der Mann im Begriff war, das Geheimnis des Sees zu verraten, doch ausgerechnet jetzt verließ er die Terrasse. Sie mussten ihm nach.

Da geschah es: Lillis Panik gewann die Überhand, sie sperrte den Schnabel auf und fing an, hektisch nach Luft zu schnappen.

»Nein, Lilli! Nicht jetzt«, quakte Charlie gedämpft und gab ihrer Freundin einen Flügelstoß. »Bleib ruhig! Ganz langsam und tief atmen!«

Doch Charlies Quaken war vergebens. Lilli hyperventilierte immer heftiger und pumpte wie ein Blasebalg mit Federn.

»Verdammt!« Hennes paddelte herbei, da war es auch schon so weit. Lillis Augen verdrehten sich, sie ließ ein schwaches Seufzen hören und kippte ohnmächtig nach vorn. Ihr Kopf tauchte schlaff ins Wasser, Luftblasen quollen aus dem Schnabel.

Hennes und Charlie wechselten einen verzweifelten Blick. Das war denkbar schlechtes Timing. Der Erpel schob seinen Hals unter den von Lilli und brachte so ihren Kopf zurück an die Oberfläche, damit sie atmen konnte.

Charlie schaute dem dicken Mann nach, der

durch die Glastür ins Innere des Hauses trat und sich anschickte, über eine große Treppe ins obere Stockwerk zu gehen. »Ich muss hoch! Das ist unsere einzige Chance.«

Hennes nickte und hielt Lillis Schnabel weiterhin übers Wasser. Die kleine Ente machte schnorchelnde Geräusche, war aber nach wie vor besinnungslos.

Charlie holte Schwung und flatterte auf. Innerhalb einer Sekunde hatte sie ihren Flug stabilisiert und stieg steil nach oben. Im Kopf versuchte sie, Klinkhammers Weg nachzuvollziehen. Die Treppe führte nach links oben, so viel war zu sehen gewesen. Sie näherte sich dem oberen Stockwerk von der linken Seite und suchte nach einer Lande- und Durchschlupfmöglichkeit. Da! Ein Fenster stand offen.

Mit hektisch schlagenden Flügeln ging Charlie tiefer, bugsierte sich an das Fenster heran und streckte ihre Füße. Es glückte ihr, auf einem breiten Sims zu landen, sie flatterte sich ins Gleichgewicht und fuhr die Flügel ein.

Vor ihr lag ein Raum, der komplett mit weißen Vierecken ausgekleidet war, ähnlich wie das Becken draußen. Aus den Wänden kamen metallene Rohre, ein Bereich war mit halbrunden Glaswänden abgeteilt, überall standen bunte Flaschen und Tuben herum. An einem Haken hingen Tücher von der Art, wie die Menschen sie am Seeufer benutzten, um sich daraufzulegen. Eine Tür stand offen und ließ weitere, halbdunkle Räume erahnen. Charlie schaute sich um. Hier am Fenster war sie weithin zu sehen, das war ihr klar. Sie brauchte eine Deckung.

Da sah sie ein geradezu perfektes Versteck: einen Mini-Teich. Er ragte, weiß und halbrund, aus der Wand, ein ovaler Deckel war hochgeklappt und offenbarte eine ringförmige Landehilfe aus Plastik. Im Inneren gab es eine kleine Wasserfläche, gerade groß genug für eine nicht allzu dicke Ente. Behutsam wasserte Charlie und rückte den Bürzel zurecht, bis sie richtig schwamm. Sie fragte sich, wofür die Menschen einen so kleinen Teich brauchten. Probeweise gründelte sie, doch es gab nichts Lohnendes, und das Wasser schmeckte auch hier irgendwie komisch.

Bevor sie weiter darüber sinnieren konnte, hörte sie Klinkhammers Stimme. Der dicke Mann kam die Treppe herauf.

»... und dann hab ich mir überlegt, dass ich die Sachen eigentlich gar nicht mehr haben will. Die können mir mehr Ärger machen, als sie mir nützen, weißt du? Und deshalb ...«

Plötzlich erklang eine erboste Frauenstimme in direkter Nähe und ließ Charlie zusammenzucken.

»Na, leierst du schon wieder krumme Geschäfte an? Ich hoffe, sie kriegen dich dafür irgendwann mal dran, und zwar so richtig!«

Klinkhammer senkte seine Stimme, er redete eilig. »Ich muss Schluss machen, Chantal rennt hier irgendwo herum. Ich ruf dich nachher noch mal an.« Es folgte eine kurze Pause, in der er, so vermutete Charlie, den kleinen Kasten wegsteckte. Dann klang er plötzlich laut und aggressiv: »Halt doch dein Schandmaul, Weibsstück! Das Geld nimmst du gerne, also was scherst du dich drum, wo's herkommt.«

Charlie schaute aus dem Mini-Teich heraus, sah durch die offene Tür aber nur einen leeren Flur. Die Frau musste ganz nah sein. Sie klang wütend.

»Ich weiß, du treibst irgendwas da unten am See, so oft, wie du hinfährst. Und ganz egal, was es ist – es stinkt zum Himmel!«

Charlie erschrak zu Tode, als die blonde Frau plötzlich in der Tür erschien. Mit knapper Not schaffte sie es, sich zu ducken. Vorsichtig legte sie den Kopf schief und peilte durch den winzigen Schlitz zwischen der Plastik-Landehilfe und der eigentlichen Teichschüssel. Die blonde Frau, die Klinkhammer »Weibsstück« genannt hatte, warf einen flüchtigen Blick in den Raum, dann blieben ihre Augen an dem Mini-Teich hängen und wurden groß. Eine Sekunde lang befürchtete Charlie, sie wäre entdeckt worden, doch Chantal erhob die Stimme und schrie nach draußen.

»Du warst schon wieder hier drin! Du hast verdammt noch mal dein eigenes Bad. Und du weißt, wie eklig ich es finde, wenn du hier drinnen pinkeln gehst!«

Klinkhammers fettiges Lachen ließ durchblicken, dass er das durchaus wusste, es ihm aber herzlich egal war.

Die Frau trat in den Raum hinein und näherte sich dem Mini-Teich. Charlie versuchte, sich so flach wie möglich zu machen. Jetzt war sie im Blickfeld der blonden Frau.

In dieser Sekunde drehte Chantal sich zum Flur um, während sie ohne hinzuschauen weiter auf das Becken zulief und die Hand ausstreckte. »Und wenn du hier schon reinpisst und alles versaust, dann klapp wenigstens den verdammten Klodeckel zu!«

Wie gelähmt sah Charlie die Hand über sich schweben und den ovalen Deckel packen. Da tat es einen gewaltigen Schlag, die Welt versank in Dunkelheit. Der Deckel war geschlossen worden. Starr vor Schreck duckte sich die Ente in dem engen Mini-Teich, verfluchte ihre Neugier und fragte sich, ob man als Stockente in eine noch schlimmere Situation geraten konnte. Man konnte, wie sie gleich darauf erfahren musste.

»Und wahrscheinlich hast du noch nicht mal abgespült, du Schwein!«

Ein klickendes, mechanisches Geräusch ertönte, Wasser fing an zu rauschen. Bevor Charlie sich auch nur den allerkleinsten Reim darauf machen konnte, stürzte eine wahre Sintflut von überall her auf die Ente ein. Ihr panisches Quaken wurde vom wilden

Rauschen des Sturzbaches übertönt, Fontänen schossen ihr in den Schnabel und warfen ihren Körper hin und her.

Charlie ahnte, dass nun ihr letztes Stündlein geschlagen hatte.

Da! Da war er! Linus hatte befürchtet, den Knusperkäfer endgültig verloren zu haben, doch der unscharfe bläuliche Klecks war gerade wieder hinter einer Baumwurzel aufgetaucht. Inzwischen betrachtete der dicke Erpel die Jagd nach dem Käfer als eine persönliche Herausforderung – das Insekt hatte ihn in den letzten Minuten immer wieder am Schnabel herumgeführt. Mehr als einmal war Linus ausgeglitten und hingefallen, doch Fressgier und verletzter Stolz gewannen die Oberhand. Es wäre doch gelacht, wenn ein ausgewachsener Erpel nicht mit einem blauen Käfer fertigwerden würde.

Den Kopf dicht über dem Boden, den stämmigen Bürzel hochgereckt, watschelte Linus dem Knusperkäfer nach. Hoho, jetzt hatte sich das Insekt aber verrechnet. Linus' unscharfe Wahrnehmung reichte aus, um einen größeren, freien Platz zu erkennen, eine Lichtung vielleicht. Links erahnte er den See, der listige Käfer musste ihn also in einem großen Bogen zum Wasser zurückgeführt haben. Pech, denn hier gab es wenig Verstecke für ihn. Der Erpel holte erbarmungslos auf. Jetzt war der Knusperkäfer in Schnabelweite. Linus holte aus, zielte … und wurde von einer unsichtbaren Hand am Hals gepackt und zurückgerissen. Während das blaue Insekt eilig in den Schutz des umgebenden Waldes krabbelte, spürte der dicke Erpel, dass irgendetwas seine Luftröhre zuschnürte und ihn am Atmen hinderte. Panisch fing er an zu zappeln und zu flattern, doch das Engegefühl um den Hals nahm beständig zu. Sein Versuch, um Hilfe zu quaken, endete in einem kaum hörbaren Japsen. Todesangst bemächtigte sich seiner.

»Ich finde, er macht sich mal wieder ganz schön wichtig. Schaut mal, wie er mit den Flügeln schlägt und herumtänzelt. Ts, ts, ts.« Mechthild schnalzte missbilligend mit der Zunge. Gemeinsam mit Annegret und Gertrud, den anderen beiden Mitgliedern des Klatschweibchen-Vereins, paddelte sie über den See und hatte soeben am Ostufer eine hektische Bewegung entdeckt. Linus, der dicke Erpel, zog dort eine Show ab.

»Als hätte er heute nicht schon genug im Mittelpunkt gestanden mit seiner Grünfärbung.« Gertrud schüttelte den Kopf. »Manche müssen eben immer übertreiben.«

Die drei Enten hielten Abstand zum Ufer. Es sollte ja nicht so aussehen, als würden sie Linus' Vorführung Beachtung schenken.

»Wichtigtuer«, schnatterte Mechthild und versuchte, Linus zu beobachten und gleichzeitig demonstrativ in eine andere Richtung zu schauen.

Annegret streckte den Kopf vor. Unsicher fragte sie ihre Freundinnen: »Könnte ... könnte es nicht sein, dass er irgendwie, nun ja, in Not ist? Er zappelt schon sehr, hm, auffällig. Und das, wo er sonst ja nicht so bewegungsfreudig ist.«

Doch Gertrud ließ sich auf keine Diskussion ein. »O nein! Er hat schließlich einen Schnabel. Wenn er Unterstützung braucht, kann er ja Bescheid quaken. Er weiß genau, dass wir hier sind, so eine Show würde er ganz bestimmt nicht ohne Publikum abziehen.«

Die drei Enten entschlossen sich, dem aufdringlichen Gehabe den Rücken zu kehren. Solch selbstgefällige Erpeleien, das war Konsens, sollte man nicht unterstützen. Sie schnatterten über diese und jene Ereignisse am See, doch die Neugier siegte schließlich. Erst drehte sich eine, dann drehten sich zwei und schließlich alle drei unauffällig zum Ufer hin.

»Na also!«, stellte Mechthild zufrieden fest. Linus hatte wohl eingesehen, dass seine aufdringliche tänzerische Einlage ihr Ziel verfehlte. Nun lag er bewegungslos an einem Baum. Er musste sich wohl ausruhen, weil ihn die ungewohnte körperliche Anstrengung mitgenommen hatte. Doch Gertrud schaffte es, sogar hierüber eine kritische Bemerkung zu machen.

»Noch nicht einmal normal hinsetzen kann er sich, wie jeder Erpel«, ärgerte sie sich. »Nein, der Herr muss herumliegen wie ein Halbstarker.« Kopfschüttelnd paddelte sie in die Gegenrichtung und hob den Schnabel. »Na ja«, resümierte sie pikiert, als die anderen beiden ihr folgten, »manche werden eben nie erwachsen.«

Hennes und Lilli hörten atemlos den schreienden Menschenstimmen zu, die aus dem Haus klangen. Die kleine Ente war inzwischen wieder aus ihrer Ohnmacht erwacht. Nun versuchten beide, die gebrüllten Worte zu verstehen. Doch vergebens, der Mann und die Frau schrien zwar in höchster Lautstärke, doch durch die großen Räume und das Treppenhaus drangen nur Bruchstücke nach draußen.

Für Hennes gab es nur eine Begründung: »Sie müssen Charlie entdeckt haben!«

Seine entelige Fantasie gaukelte ihm Bilder von wutschäumenden Menschen vor, die Charlie brüllend nachstellten und diese immer weiter in die Enge trieben. »Wir müssen etwas tun!«

»Aber was denn?«, piepste Lilli. Sie schämte sich für ihre zeitlich ungeschickte Besinnungslosigkeit, die dazu geführt hatte, dass Charlie nun allein in dem großen Haus war und in Gefahr schwebte. Hennes tunkte den Kopf ins Wasser, um besser nachdenken zu können. Beim Gründeln kamen ihm die besten Ideen. Und tatsächlich, schnell tauchte er wieder auf.

»Ablenkung! Wenn wir die Menschen irgendwie ablenken, kann Charlie vielleicht entwischen, oder wir können rein und ihr helfen!«

»Und ... wie sollen wir sie ablenken?«

Wieder verschwand sein Kopf im Wasser. Es blubberte, doch nur Luftblasen drangen an die Oberfläche, keine Ideen. Denken war nicht gerade seine größte

Stärke, dessen wurde sich Hennes mit erschreckender Deutlichkeit bewusst. Er strengte sich an. Wie konnte man die Menschen aus dem Haus in den Garten locken? Man brauchte Geräusche, Krach, Lärm. Das Quaken einer Ente schied aus, selbst ein Erpel mit kräftigen Lungen käme quaktechnisch nicht gegen die brüllenden Stimmen an. Etwas umwerfen? Leider verfügten Enten nur über begrenzte Körperkräfte, sodass das Herumschleudern von Gartenmöbeln nicht in Betracht kam.

Die Luft wurde knapp, Hennes hob den Kopf aus dem Wasser. Lillis Augen schauten ihn entsetzt an. Bevor er fragen konnte, was los war, deutete sie auch schon mit dem Schnabel nach oben.

»Der Hund kommt zurück«, hauchte sie angsterfüllt.

Nun hörte Hennes ebenfalls das Tappen von Pfoten und das Schnüffeln einer Schnauze, und gleichzeitig flutete eine Idee sein Gehirn. Lärm im Garten, der die Menschen ablenkte? Nichts leichter als das.

»Das ist unsere Chance! Los geht's!«

Während Lilli erneut anfing, nach Luft zu schnappen, flatterte er mit einer einzigen Bewegung nach oben, drehte sich wie ein Senkrechtstarter um die eigene Achse und hielt auf den Hund zu. Der Chihuahua war noch einige Entenlängen vom Teich entfernt und glotzte verblüfft auf das Federvieh, das da aus dem Wasser emporgestiegen kam. Hennes landete am Rand, richtete sich zu seiner vollen Erpelgröße auf und riss angriffslustig den Schnabel auf. Der Hund reagierte ähnlich, sein Nackenfell sträubte sich, er bleckte die Zähne und ließ ein angriffslustiges Knurren hören. Er war zwar nicht viel größer als die Ente, doch das uralte genetische Programm – hier Jäger, dort Beute – wurde unbeeindruckt abgespult.

Hennes watschelte einen Schritt voran, dann noch einen. Sein Plan war, den Hund in die Enge zu treiben und so lange zu traktieren, bis dessen Gejaule die Menschen aus dem Haus locken würde. Plötzlich merkte er, dass seine Beine ihn nicht weiter nach vorn tragen wollten, und auch sein aufgerissener Schnabel klappte mit einem Mal von selbst zu. Er stand da wie vom Donner gerührt. Was war nur mit ihm los? Etwas hatte die Herrschaft übernommen, mit dem der Erpel beim besten Willen nicht gerechnet hatte: Es musste sein Instinkt sein. Also das, was jede Ente immer gerne als faule Ausrede benutzte, um sich vor unangenehmen Aufgaben zu drücken oder ihren Willen durchzusetzen. Doch nun spürte er tatsächlich, wie jede Faser seines Erpelkörpers nach Flucht schrie. Weg, nur weg! Das ist ein Jagdtier, es fängt dich, es frisst dich! Seine Beine waren wie Blei, er konnte trotz aller Willensanstrengung keinen Watschelschritt nach vorn machen. Wie von selbst klappten seine Flügel aus und gingen in Startposition. Der knurrende Hund füllte sein gesamtes Gesichtsfeld, die innere Stimme wurde übermächtig. Hau endlich ab! Rette dich!

Da schoss etwas an ihm vorbei. Eine braune Federkugel stürzte sich auf den Hund, hackte auf ihn ein und schnatterte in den höchsten Tönen. Hennes traute seinen Augen nicht – es war Lilli! Die kleine Ente flatterte wie eine Furie und ließ ihren Schnabel zustoßen, dass Federn und Fell nur so flogen. Der Chihuahua war perplex, plumpste auf die Hinterbeine und wusste nicht, wie ihm geschah. Da endlich bekam Hennes die Herrschaft über seinen Körper zurück und ging ebenfalls zum Angriff über. Gemeinsam umflatterten und umschnatterten sie den Hund, der in Bedrängnis kam und zu fiepen anfing. Fiep du nur, dachte Hennes begeistert und hackte zu, so fest er konnte. Aus dem Fiepen wurde ein Jaulen, und aus dem Jaulen ein klägliches Gebell, das weit über den Garten schallte.

»Ja«, feuerte der Erpel sich selbst und Lilli an, »es klappt! Weiter!«

Der Chihuahua war inzwischen nach hinten in den Garten zurückgewichen, noch immer klebten die beiden Enten an ihm und piesackten ihn nach Leibeskräften.

Da erscholl eine entsetzte Frauenstimme: »Hillary! Um Gottes willen, Hillary!« Die blonde Frau, die Hennes schon öfter mit Klinkhammer zusammen gesehen hatte, eilte über die Terrasse und schlug die Hände vor dem Mund zusammen. »Weg, weg mit euch! Hillary, o nein! Ihr Mistviecher!«

Die Mistviecher steigerten ihre Performance, als hinter der Frau der Hausherr herausgestürmt kam.

»Wenn deine Töle nicht gleich das Maul hält, ertränke ich sie im Pool, das schwör ich dir!« Er blieb stehen. Verwunderung zeichnete sich auf seinem feisten Gesicht ab, als er das ungewöhnliche Ensemble auf dem Rasen erblickte. »Na, das ist ja mal 'n Ding«, brummte Klinkhammer und verschränkte die Arme, um sich die weitere Entwicklung anzuschauen.

Chantal näherte sich dem Kampfplatz und machte scheuchende Bewegungen. »Ksch, ksch! Weg mit euch, Viehzeug! Los! O, meine arme Hillary!«

Hennes beobachtete sie aus den Augenwinkeln und wartete, bis sie nahe genug herangekommen war. Dann gab er Lilli ein quakendes Signal, hackte dem Hund ein letztes Mal in den Hintern und erhob sich in die Luft. Auch Lilli schaffte es, auf Anhieb zu starten, sodass die beiden Enten im Parallelflug zum Haus flattern konnten. Von oben sahen sie, dass Chantal das Hündchen tränenreich in die Arme nahm und Klinkhammer kopfschüttelnd auf der Terrasse stand. Das war ihre Chance! Hennes hatte vorhin gesehen, dass Charlie die linke Seite des Gebäudes angesteuert hatte, also wählte er denselben Weg. Suchend drehte er den Kopf. Wo mochte sie nur sein?

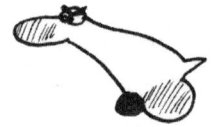

Charlie spürte, wie sie aus ihrer Schockstarre erwachte. Sie hustete und würgte reflexartig, zog gierig Luft ein und fing an, sich zu sortieren. Der Wasserschwall war vorüber, doch ihr Körper war dermaßen herumgeschleudert worden, dass sie keine Ahnung hatte, wo oben und unten war. Ein schmaler Lichtstreifen verriet ihr, dass an dieser Stelle die Plastik-Landehilfe auf dem Becken auflag. Aha, dort war also oben. Sie richtete sich auf, so gut es in dem engen Mini-Teich ging. Ihre größte Furcht war, dass das Wasser wiederkam, denn dann, das was ihr mehr als klar, würde sie jämmerlich ertrinken. Kein schöner Tod für eine Ente.

Nachdem ihre Füße Halt gefunden hatten, versuchte sie, zu flattern. Sie schaffte es aber nicht einmal, die Flügel auszuklappen, der Platz war zu knapp bemessen. Also reckte sie den Kopf und drückte gegen den Deckel, der das Becken verschloss. Er gab nach und klappte ein winziges Stück nach oben. Licht flutete herein, doch schon fingen ihre Muskeln an zu zittern. Die Klappe fiel wieder zu, Charlie war erneut gefangen. In ihrer Verzweiflung fing sie an, lauthals zu quaken, so sehr ängstigte sie das schwarze, nasse Gefängnis.

Plötzlich ertönten Kratzgeräusche. Erschrocken hielt sie den Schnabel. Menschenalarm? Da schwang der Deckel auf und knallte nach hinten. Charlie blinzelte in dem hellen Licht. Hennes und Lilli! Die beiden hielten die Hälse gestreckt und hatten mit vereinten Kräften die Klappe nach oben gedrückt.

»Na, Kleine, heute schon was vor?«, quakte Hennes mit seiner besten Balzstimme. Charlie merkte, dass er trotz des coolen Spruches erleichtert war, sie zu sehen. Bevor sie allerdings etwas erwidern konnte, erklangen Schritte und Geschrei. Die Menschen nahten! Klinkhammer musste von der Terrasse aus beobachtet haben, dass Hennes und Lilli ins Haus geflattert waren. Seine Stimme bebte vor Wut.

»Wenn ihr Drecksviecher irgendwo hier drin hockt und mir die Bude vollkackt, dreh ich euch die Hälse um!«

Eilig flatterten die drei Enten auf die Fensterbrüstung, gingen in Startposition und ließen sich von ihren Flügeln in die Lüfte tragen. Keine Sekunde zu früh, schon stürmte der Baulöwe durch die Tür.

»Haut bloß ab!«, brüllte er ihnen nach und schüttelte die Faust. »Nächstes Mal füll ich euch mit Blei, das schwör ich euch!«

Ansgar Wunderlich, der weinrebenflechtende Steuerberater im Ruhestand, schaute kopfschüttelnd zum Nachbarhaus. Ekkehard Klinkhammer stand in einem der Fenster, fuchtelte mit der Faust und schrie in den Himmel.

»Statt Militärdrohnen sollten die lieber mal den Nervenarzt schicken«, brummte er und entschied sich, dem Stress des Nachmittags mit einem eisgekühlten Malteser Aquavit zu begegnen.

Christine Jansen saß auf ihrem rückenfreundlichen Bürostuhl und streckte die Glieder. Was für ein Tag! Zuerst der Schwächeanfall des Bürgermeisters im Seniorenzentrum, dann das Tohuwabohu am See samt Großeinsatz von Feuerwehr und Katastrophenschutz. Sie wusste, dass die Nachwehen wie Abrechnungen, Erstattungen und Schadensersatzansprüche gegen Unbekannt demnächst auf ihrem Tisch landen würden. Schließlich vertrat sie die Gemeinde Neukirchen in nahezu allen juristischen Belangen. Gerd Pallgraf hatte bereits eine E-Mail geschickt und um einen Besprechungstermin gebeten.

Sie nahm einen Schluck Kaffee und kam endlich dazu, die heutige Post zu öffnen. Ihr Assistent war erkrankt, sodass das komplette Tagesgeschäft an ihr hängen blieb. Buttercremedurchweichte Bürgermeister und waldmeistergefärbte Seen trugen leider nicht dazu bei, dass sie schneller vorankam. Seufzend arbeitete sie sich durch die Post. Rechnung, Gerichtsschreiben, Werbung – stopp, was war das? Sie hielt einen merkwürdigen Umschlag in der Hand. Nein, es war gar kein Umschlag, sondern ein mehrfach gefaltetes Blatt ohne Absender, Empfänger und Briefmarke. Was sollte das denn sein? Alberne Reklame?

Jansen entfaltete das Blatt, ihr Atem stockte. Ausgeschnittene Buchstaben waren zu Worten und Sätzen zusammengefügt worden. Solche Briefe kannte sie bisher nur aus dem Fernsehen … Drohbriefe, anonyme Anschuldigungen, Hetztiraden. Mit klopfendem Herzen las sie den Text:

> Es gibt einen Fall für Sie. Haben Sie Interesse?
> Heute um 9 abends und alleine. Papierkorb
> Spielplatz am Anleger. Mister X

Christine Jansen blinzelte ungläubig. War das ein Scherz? Oder tatsächlich eine Klientenanfrage, wenn auch eine reichlich seltsame? Oder … eine Falle? »Mister X«, das klang dermaßen abgedroschen, dass sie fast lachen musste. Andererseits, wer sagte ihr, dass sich hinter diesem altmodischen Decknamen nicht ein Krimineller oder ein Perverser verbarg? Der Spielplatz neben dem Bootssteg war abends ein abgeschiedenes Fleckchen, wo ein Schrei ungehört verhallte.

Mit gemischten Gefühlen wog sie das Blatt in der Hand, als könne es ihr die Entscheidung abnehmen, was sie heute Abend um neun tun sollte.

Als Charlie, Hennes und Lilli auf dem See wasserten, hatten sich die übrigen Enten zu einem Krisenkreis zusammengefunden, die Neuankömmlinge wurden vor lauter Geschnatter kaum zur Kenntnis genommen. Charlie, die sich nach all den aufregenden Erlebnissen am liebsten auf ein Fleckchen Wiese zurückgezogen und den Kopf unter den Flügel gesteckt hätte, hielt Distanz zu den Daunenfedern und drängte sich durch die Entenleiber.

»… und ich hab mir gar nichts dabei gedacht, ehrlich! Er sah quicklebendig und richtig gut gelaunt aus. Stimmt doch, oder?«

Mechthild schnatterte übertrieben und warf ihren Freundinnen Annegret und Gertrud auffordernde Blicke zu. Die beiden hielten die Köpfe gesenkt, als gäbe es unter der Wasseroberfläche Sagenhaftes zu sehen. Die übrigen Enten umschwammen die drei Tratschweibchen drohend.

Charlie knuffte Tilda an, die neben ihr trieb. »Was ist los?«, fragte sie leise.

»Linus«, quakte Tilda ebenso leise zurück. »Er ist heute Nachmittag wohl irgendwie in Not geraten, und jetzt ist er verschwunden. Die drei Ollen haben ihn eine Weile beobachtet, sich aber nur die Schnäbel zerrissen und nichts unternommen. Gerade sind sie mit der Geschichte rausgerückt.«

»Los, wir müssen hin und nachschauen.« Eddies erpeliger Tonfall ließ keinen Widerspruch zu. Die Schar nahm Geschwindigkeit auf und folgte Mechthild, die unter Wir-können-doch-nichts-dafür-Beteuerungen vornweg paddelte. Charlie, Hennes und Lilli schlossen sich an.

»Sag mal, was hat der Klinkhammer denn nun eigentlich gesagt über den See? Weißt du, was er vorhat?«, fragte Hennes. Während des Rückfluges war Charlie nicht zu Wort gekommen, weil die anderen beiden ihr das Hunde-Menschen-Abenteuer in epischer Breite vorgequakt hatten. Sie war beeindruckt vom Mut der sonst so kleinen und ängstlichen Lilli, die sich selbstlos auf den zähnefletschenden Hund gestürzt hatte. Ihr kam es vor, als wäre ihre Freundin seitdem ein paar Zentimeter gewachsen. Nun konzentrierte sie sich auf Hennes' Frage und zuckte mit den Flügeln. »Nö. Er war gerade dabei, seinen Plan zu verraten, als blöderweise die Frau dazwischengekommen ist. Und dann haben sie nur noch gestritten.« Doch sie merkte, dass irgendetwas in ihrem Hirn herumspukte. Eine Kleinigkeit war gesagt worden, die mit dem See zu tun hatte, aber was?

Zum Nachdenken blieb keine Zeit, denn die Schar erreichte das Ostufer. Alle watschelten an Land und folgten Mechthild, die einen Weg einschlug, der einigen Enten bekannt vorkam. Migräneattacken meldeten sich. Und tatsächlich, nach einigen Minuten erreichten sie den Platz des besessenen Baguettes, an dem sie gestern Nacht die Kohle für Martin eingesammelt hatten.

»Hier war's?« Eddie schaute die Tratschweibchen streng an. Diese nickten einträchtig. »Ausschwärmen«, befahl er knapp.

Die Enten fingen an, umherzuschweifen und lauthals nach Linus zu quaken. Schließlich war es Konstanze, die eine schlimme Entdeckung machte: An einem der Bäume hing nach wie vor der Draht, an dem in der Baguette-Nacht die Taschenlampe befestigt gewesen war. Die gebogene Schlinge war noch immer zu erkennen, doch nun klebten Federn und eine dunkle, eingetrocknete Flüssigkeit daran. Charlie trat heran, und ihre Befürchtungen bestätigten sich. Auch auf dem Boden lagen Entenfedern, daneben färbten Flecken den Untergrund rot. Die Enten schauten sich bestürzt an. Schließlich quakte Eddie das, was alle dachten: »Er hat den Draht nicht gesehen und sich darin verfangen. Und dann hat ihn der Fuchs geholt.«

Die Enten schnatterten erschrocken und schauten sich verschüchtert um, als würde der Fuchs hinter ihnen nach neuen Leckerbissen Ausschau halten. Nur Charlie konnte ihren Blick nicht von der blutigen Schlinge abwenden. Ein unheimliches Gefühl beschlich sie, ganz so, als sei das Ostufer verhext. Der dicke Erpel – aufgefressen. Was ging an diesem See nur vor sich?

Um zehn vor neun schickte die Dämmerung sich an, zur Dunkelheit zu werden, still wie ein Spiegel lag der See im erlöschenden Licht. Christine Jansen zog ihre Strickjacke fester um die Schultern. Die Anwältin war nach langem Zögern dem geheimnisvollen Brief und der Aufforderung von Mister X gefolgt. Auf dem Promenadenweg hatte sie noch zwei, drei späte Spaziergänger getroffen und war Waldi begegnet, der gerade mit großer Sorgfalt sein Bootshaus verschloss. Sie waren kurz ins Plaudern geraten, und Jansen erfuhr, dass sich irgendjemand nun schon zwei Nächte in Folge am Schloss des Bootshauses zu schaffen gemacht hatte, obwohl es darin beim besten Willen nichts Lohnendes zu holen gab. Waldi, der in Sichtweite des Bootshauses über seinem Imbiss-Restaurant wohnte, hatte nachts ein paar Mal Kontrollblicke herübergeworfen, doch nichts Verdächtiges gesehen.

Nun verließ Jansen die Promenade und ging weiter in Richtung des Spielplatzes. Dieser lag abseits und wurde auf drei Seiten von Büschen umstanden, die vierte Seite öffnete sich zum See. Eine Entenschar hockte dort, die Wasservögel sahen auf gespenstische Weise wie enthauptet aus, weil sie die Köpfe unter den Flügeln verborgen hielten. Das gruselige Bild passte zu dem verwaisten Spielplatz. Dort, wo tagsüber Kinder krakeelten und Fangen spielten, herrschte nun eine schaurige Atmosphäre. Im schwindenden Tageslicht erinnerten die Klettergerüste an schwarze Skelette, die Reittiere wurden zu Chimären, die bewegungslos auf Opfer lauerten. Eine Schaukel bewegte sich in einem unfühlbaren Luftzug, das metallische Quietschen ihrer Kette zerrte zusätzlich an Jansens Nerven.

Eindeutig zu viele Horrorfilme, dachte die Anwältin und verscheuchte die angsteinflößenden Vorstellungen. Trotzdem packte sie die Dose CS-Gas in ihrer Tasche fester. Man wusste ja nie.

Ihre Schritte knirschten auf dem Kies, der den Spielplatz umgab. Aha, da war der Papierkorb. Vorsichtig trat sie an das aufgerissene Maul des Blechkastens heran. So, und nun? Sie wusste aus der Kriminalliteratur und aus dem Tatort, dass solch geheime Übergabeorte »tote Briefkästen« genannt wurden, aber sie war noch nie in die Verlegenheit geraten, einen zu benutzen. Unschlüssig stand sie daneben, schaute dahinter, schaute darunter, schaute sich um. Schließlich nahm sie ihr Handy zu Hilfe, schaltete die Taschenlampenfunktion ein und versuchte, im Inneren des Abfalleimers etwas zu erkennen. Ein sorgfältig in Papier eingeschlagenes Etwas lag darin. Nach einer weiteren Sekunde griff sie hinein und holte das Paket heraus. Nicht besonders schwer, nicht besonders groß, eingewickelt in kariertes Schreibpapier.

Jansen hoffte, dass sie nicht eine volle Windel oder ein schimmeliges Nutellabrot herausgepflückt hatte. Doch nein, es lagen ein Stück Stoff und ein weiterer Zettel mit aufgeklebten Buchstaben darin.

> Das ist Ihre Anzahlung. Wenn Sie den Fall
> übernehmen, bekommen Sie noch viel mehr.
> Mister X

Die Anwältin verspürte eine gewisse Erleichterung, dass sich der Papierkorb tatsächlich als toter Briefkasten entpuppt hatte und sie nicht dem Lockruf eines Irren gefolgt war, der mit wilden Augen und Machete schwingend aus den Büschen auf sie zugestürmt kam. Sie las die ausgeschnittenen Buchstaben nochmals. Eine Anzahlung? Neugierig tastete sie das

Stoffstück ab. Tatsächlich, es steckte etwas darin: Ein Bündel 500-Euro-Scheine lag fein säuberlich in den Stoff eingerollt vor ihr.

»Wow!«, war alles, was ihr dazu einfiel. Sie zählte und zählte nochmals. Unglaublich, jemand hatte 10.000 Euro in ein Stück Stoff gepackt und im Spielplatz-Papierkorb versteckt.

Jansen erschrak, als sie aus den Augenwinkeln eine Bewegung wahrnahm. Es war aber kein Machetenmann und auch nicht der geheimnisvolle Mister X, sondern lediglich eine Ente. Diese hatte den Kopf unter dem Flügel hervorgezogen und watschelte heran, als wolle sie überprüfen, was die Menschenfrau so spät hier zu schaffen habe.

»Na, Entchen, kannst du mir vielleicht sagen, wer hinter diesem Auftrag steckt?«

Das Tier legte den Kopf schief und betrachtete Jansen mit blanken Knopfaugen. Und wenn die Anwältin nicht eine rational denkende Person gewesen wäre, die mit beiden Beinen auf dem Boden stand, hätte sie geschworen, dass die Ente ihre Worte verstand und genauso nachgrübelte wie sie selbst.

Charlie schaute die schwarzhaarige Frau an, die vor ihr stand und ein Bündel Geld in der Hand hielt. Sie erinnerte sich, dass Martin mit ihr geredet hatte, als vor einigen Tagen der große Streit auf der Promenade ausgebrochen war. Was die Frau allerdings nun, am späten Abend, hier auf dem verlassenen Spielplatz zu suchen hatte, wusste sie nicht. Es hatte etwas mit dem Kasten zu tun, der dort montiert war und den die Menschen »Papierkorb« nannten, obwohl er gar nicht aus Papier bestand, sondern aus Blech. Im Normalfall warfen die Menschen allerdings etwas hinein in diese Blechkästen und holten nichts heraus. Es passte zu den seltsamen Geschehnissen rund um den See, dass es heute umgekehrt war, und die Frau auch noch erstaunt auf ihren Fund schaute.

Die späte Spielplatzbesucherin drehte sich um und ging davon, Charlie blickte ihr nach. Die Gedanken im Kopf der Ente wirbelten dermaßen durcheinander, dass sie keine Ruhe fand und von ihren schlummernden Mitenten wegwatschelte. Sie wasserte, schüttelte den Bürzel und ließ sich gemächlich über den stillen See treiben.

Wer hatte etwas davon, dem Wasser eine neue Farbe zu verleihen und dafür zu sorgen, dass es eine Weile süß schmeckte? Warum hatten Kai Gregorius und der Bürgermeister sich so aufgeregt, als die schwarzen Taucher ins Wasser gehen wollten? Besonders seltsam war dabei, dass Gregorius am Ostufer ja selbst getaucht hatte, ohne es den anderen Menschen gegenüber zu erwähnen. Dort hatte ihn dann die blonde Frau erwartet, die normalerweise bei dem dicken, lauten Klinkhammer wohnte. Bei Gregorius hatte sie aber nicht mit schriller Stimme gebrüllt, sondern leise geflötet. Und auch er war in Balzstimmung gewesen, das hatten die Enten mehr als deutlich beobachten können.

Je länger Charlie diese Fragen in ihrem Kopf wälzte, umso mehr Unklarheiten kamen dazu. Warum schlich die Zeitungsentenfrau, diese Vanessa Kreuzke, heimlich am Ufer herum und schrieb in ihren Block? Konnte das aufgebrochene Schloss an Waldis Bootshaus etwas mit dem Geheimnis des Sees tun haben? Und was suchte die schwarzhaarige Frau abends auf dem Spielplatz in einem Papierkorb? Wenn ihr nur die mysteriöse Bemerkung in Klinkhammers Haus wieder einfallen würde. Vielleicht würde sie die Menschen dann besser verstehen. Charlie hatte das Gefühl, dass ihr kleiner Entenkopf nicht groß genug war für so viele Fragen.

In Gedanken versunken war sie zum Ostufer gepaddelt. Mit einem Mal erwachte sie aus ihrer Grübelei und war hellwach – da schwamm doch die fremde Ente! Sie schaute genauer hin. Kein Zweifel, in der Nähe des Ufergrüns dümpelte eine Ente, ein mittelgroßes Weibchen, das sie noch niemals zuvor gesehen hatte. Der Spiegel machte jedes Tier unverwechselbar, das Farben- und Formenmuster an den

Flügeln dieser Ente kannte Charlie jedoch nicht. Es war ein seltsames Muster, irgendwie anders, irgendwie ... artfremd.

Mit gestrecktem Kopf nahm Charlie Geschwindigkeit auf. Das Weibchen würde nun Rede und Antwort stehen müssen! Und wer wusste schon, ob es nicht ein wenig Licht auf die seltsamen Vorfälle der letzten Tage werfen konnte.

Charlie kam der Ente immer näher und quakte: »Hey, du da, warte mal, ich muss mit dir reden. Du, ja, dich meine ich.«

Doch die fremde Ente antwortete nicht. Stattdessen wandte sie sich ab und begann, eilig in Richtung Ufer zu schwimmen.

»Nun warte doch mal! Ich will doch bloß mit dir sprechen.« Charlies Quaken verhallte ohne Reaktion, die Ente hielt mit beachtlicher Geschwindigkeit auf das Ufer zu und schwamm raschelnd ins Schilf hinein. Charlie klappte ihre Flügel aus und flatterte auf, doch zu spät. Als sie am Grünstreifen wasserte, war von der Fremden nichts mehr zu sehen. Sie erklomm das Ufer, schaute sich um und ließ fragendes Quaken ertönen. Das Unterholz sah aber dermaßen schwarz, feindselig und fuchsgefüllt aus, dass Charlie eilig wieder ins Wasser glitt. Was auch immer die fremde Ente hier zu schaffen hatte, sie war jedenfalls mutig. Als wehrloses Geflügel nachts im Unterholz herumzuwatscheln, dazu gehörte ordentlich Mumm.

Charlies Bedarf an nächtlichen Seeabenteuern war gedeckt, sie paddelte zum Schlafplatz zurück. Ihr Gedankenkarussell war um eine Frage angewachsen: Was machte eine fremde Ente am See? Eine Ente, die man immer nur im Dunkeln sah, die einen seltsamen Spiegel trug und die sich ausgerechnet in der Nähe des geheimnisumwitterten Ostufers herumtrieb?

Es dauerte eine ganze Weile, bis Charlie plötzlich inmitten ihres Rätselns ein Geräusch wahrnahm, das über den stillen See hallte. Dann durchfuhr es sie wie ein Blitz: Eine Ente quakte, und diese Ente war Linus! Der dicke Erpel quakte, schwieg, quakte wieder. Verstehen konnte sie nichts, das Geräusch klang verzerrt über das Wasser, doch sie erkannte eindeutig Linus' Stimme. Aber Linus war doch tot! Rief ein Toter nach ihr? Erscholl seine Stimme aus dem Jenseits?

Eine konkrete Jenseitsvorstellung gab es bei den Enten eigentlich nicht. Wenn eine Mitente morgens den Kopf nicht mehr unter dem Flügel hervorzog oder vom Fuchs gefressen wurde, dann war sie eben tot oder weg, und fertig. Trotzdem wurde Charlie von dem unheimlichen Gefühl gepackt, dass Linus' Stimme aus einem merkwürdigen Zwischenreich herüberhallte. Sie schaute sich um. Wo kam das Quaken her? Es erscholl irgendwo in der Nähe der Anlegestelle. Ohne eine Sekunde zu verlieren, holte sie Schwung und flatterte aus dem Wasser. Im Tiefflug näherte sie sich den Booten, die wie riesige schlafende

Enten am Steg lagen. Kaum hatte Charlie gewassert, lauschte sie wieder. Stille, nichts als Stille.

»Linus? Wo bist du? Linus!« Ihre Stimme verhallte, niemand antwortete. Charlie umpaddelte die Boote, die titanisch vor ihr aufragten, flatterte auf den Bootssteg, steckte ihren Kopf in alle möglichen Ecken. Kein Linus. Nachdem sie einige Male laut gequakt hatte, horchte sie in die stille Nacht. Nichts war zu hören.

Was sollte sie tun? Einen Augenblick lang überlegte Charlie, ihre Mitenten zu wecken und eine Suchaktion zu starten. Doch sie zauderte. War sie sich wirklich sicher? Hatte sie tatsächlich Linus gehört oder war sie vor lauter Nachdenken auf ein harmloses nächtliches Geräusch hereingefallen?

Ihre Zweifel siegten und ließen sie unverrichteter Dinge zum Schlafplatz paddeln. Während die schwarzen Silhouetten der Boote kleiner und kleiner wurden, beschlich Charlie das Gefühl, den dicken Erpel verraten und einem ungewissen Schicksal überlassen zu haben.

*Am **Freitag** zieht schlechter Odem über den See, eine Erinnerung kommt zurück, Magnus lässt Federn, ein Fisch wird angezogen, eine bekannte Stimme versetzt die Enten in Erstaunen.*

Charlie hatte eine entsetzliche Nacht hinter sich. Ihr Kopf war nicht zur Ruhe gekommen, sodass sie sich schon weit vor dem ersten Sonnenstrahl unruhig watschelnd auf der Promenade eingefunden hatte. Der Vormittag wurde nicht besser: Eine frühe Truppe Spaziergänger belagerte hartnäckig Karlas Kiosk und verpflegte sich mit belegten Brötchen, Müsliriegeln und Limonadengetränken, als hätte sie einen mehrstündigen Gewaltmarsch hinter sich statt einer zwanzigminütigen Schlenderrunde aus den Neukirchener Wohnbezirken. Deshalb konnte Charlie weder ihre Morgenbrezel in Anspruch nehmen noch – was ihr heute sehr viel wichtiger erschien – ihren Wissensdurst über die neuesten Entwicklungen am See stillen.

Also beschäftigte sich die Ente, brezellos und unausgeschlafen, mit Gefiederfettung. Diese Tätigkeit besserte ihre Laune leider nicht, ganz im Gegenteil.

Bürzelarbeiten

Nicht nur Charlie fand die Prozedur des Einfettens lästig und langweilig, alle Enten stöhnten darüber. Es war nicht nur zeitraubend, jede einzelne Bauchfeder mit Bürzelmasse einzukleistern, nein, man musste sich zudem unmöglich verrenken, teilweise auf einem Bein balancieren und immer wieder mit stark überdehntem Nacken an der Bürzeldrüse herumschnäbeln, die in der Nähe der Schwanzfedern zu finden war. Dazu kam, dass das Bürzelfett bitter schmeckte und noch Stunden später den Schnabel glitschig machte.

Doch leider war das Einfetten unerlässlich und musste mehrfach am Tag wiederholt werden. Wer sich unzureichend einfettete, bekam Wasser ins Gefieder, sodass Auskühlung, Schlagseite und Flugunfähigkeit drohten. Spezialisiert auf mangelnde Bürzelarbeit war der General. Der greise Erpel neigte bekanntermaßen zur Vergesslichkeit, und so kam es immer wieder vor, dass er uneingefettet ins Wasser stieg. Nach wenigen Minuten hatte sich sein Gefieder dermaßen vollgesogen, dass er zu kentern drohte. In einem solchen Fall mussten mehrere kräftige Erpel gemeinsam anpacken und den General aufs Festland zurückschubsen, damit seine Federn wieder

trocknen konnten. Bei dieser Gelegenheit pflegte er sich laut quakend über die Rüpelhaftigkeit der Jugend zu beschweren und vergaß nie zu erwähnen, dass es so etwas zu seiner Zeit nicht gegeben hätte.
Die einzigen Teichbewohner, die vom Einfetten nicht genug bekommen konnten, waren die Jungerpel. Hennes und seine Kumpels nutzten das Bürzelfett nicht nur als Dichtmasse, sondern auch gleich zum Styling – sie ließen ihre Federn keck in verschiedene Richtungen abstehen, legten sie in Muster oder strichen die Brust glatt wie windstilles Wasser. Besonders die sogenannten Erpellocken, die nach oben gerollten Federn am Schwanzende, wurden mithilfe der Bürzeldrüse in gewagte Kombinationen gekämmt. Mit ihrer dergestalt aufgebürzelten Pracht pflegten sie danach lässig umherzupaddeln, Zoten zu reißen und die Jungenten anzubalzen. Die Älteren sahen gutmütig darüber hinweg, bekamen einen verträumten Glanz in den Augen und sagten Sätze wie: »Ach, wisst ihr noch, damals ...«

Charlie bürzelte behutsam vor sich hin, während sie den Kiosk im Auge behielt. Sie musste ganz besonders aufpassen, denn beim professionellen Fetten kam der Entenschnabel mit der kompletten Bauchunterseite in Kontakt – und damit auch mit den Daunenfedern. Deshalb war die Bürzelarbeit für Charlie stets ein Drahtseilakt: Fettete sie zu wenig, schlug sie leck. Fettete sie zu viel, bekam sie Daunen in den Schnabel und explodierte vor Niesattacken. Sie seufzte. Man hatte es nicht leicht als allergische Ente.

Am frühen Nachmittag war der Kiosk endlich verwaist, die Menschen gingen von den belegten Brötchen direkt zum heimischen Mittagsmahl über. Waldi machte einen kurzen Besuch und beschattete den Kiosk mit seinen breiten Schultern, dann war auch er verschwunden. Eilig watschelte Charlie hin. Karla begrüßte sie mit aufgeschlagener Zeitung.

»Diese Farbgeschichte, also, das ist ja das Seltsamste, das ich je erlebt habe.« Kopfschüttelnd warf sie Laugengebäck zu Charlie. »Die Polizeitechniker haben rausgekriegt, dass es tatsächlich Waldmeisterkonzentrat vom Großmarkt war, sie konnten sogar den Hersteller herausfinden. Und jetzt halt dich fest, Kleines: Es muss eine riesige Menge gewesen sein.« Bekräftigend breitete sie die Arme aus, um die ungeheuerliche Waldmeisterdimension darzustellen. »Das Zeug gibt's in Zwei-Liter-Plastikflaschen, und irgendein Depp hat wohl mehr als zwanzig von diesen Flaschen hineingekippt. Mehr als zwanzig! Da kann also keine Rede von einem Versehen oder einem Dummejungenstreich sein. Das war Absicht! Und jetzt frag ich dich: Wer macht so was? Und warum?«

Ein weiterer Happen konnte Charlie nicht darüber hinwegtrösten, dass es genau diese Fragen waren, die ihr den Schlaf geraubt hatten.

»Von den beiden Kindern immer noch nichts, keine Spur«, fuhr Karla fort. Sie fing an, die Einnahmen des Vormittags zu zählen und wegzupacken, Kleingeld klimperte, Scheine raschelten. »Und heute Nacht, ich sag's dir, war das Schloss vom Bootshaus schon wieder auf. Gerade eben hat Waldi gesagt, wenn das so weitergeht, lässt er einen Hund über Nacht da drin. Was sucht bloß jemand in diesem gammeligen Bootshaus? Kannst du mir das sagen, Kleines?«

Das konnte Charlie zwar nicht, doch ihr Gefühl verdichtete sich, dass all diese Geschehnisse zusammenhingen. Gerne hätte sie Karla von der schwarzhaarigen Frau am Papierkorb erzählt, doch ihr Mitteilungsbedürfnis wurde wie immer von den entelig-menschlichen Kommunikationsgrenzen ausgebremst.

Da kam das mittägliche Kiosk-Intermezzo auch schon zu einem verfrühten Ende, denn eine Schar Halbwüchsiger erschien, die, das wusste Charlie, Metalldosen aus Karlas Kühlschrank kaufen und sich danach kreuz und quer am Uferbereich breitmachen würde.

Sie suchte das Weite und dachte auf dem Weg zu ihrer Schar über die Neuigkeiten nach, die sie von Karla erfahren hatte. Darüber hinaus spukte noch immer der Satz in ihrem Kopf herum, der im Haus der Klinkhammers über den See gesagt worden war. Die Todesangst im Sturzwasserteich und die aufregende Befreiung durch Lilli und Hennes hatten sie dermaßen verwirrt, dass das Gesagte nur noch als schwammige Erinnerung in ihr trieb und nicht zu packen war. Doch es war etwas Wichtiges gewesen, etwas, das …

»Und? Gefällt's dir?« Hennes unterbrach ihre Grübelei und erpelte mit geschwellter Brust vor ihr hin und her. Charlie musste zweimal hinsehen, bis sie sah, was er meinte. Er hatte seine Kopffedern mit Bürzelfett nach oben gestrichen, sodass sie in alle Richtungen abstanden und den Eindruck vermittelten, er habe eine Nacht im Sturm verbracht.

»Öh, ja, hübsch, ehrlich«, murmelte Charlie und schämte sich für ihre Schwindelei. Doch Hennes war zufrieden, plusterte sich auf und warf ihr nebenbei einen Blick zu, als wolle er sagen: Schau, extra für dich.

Charlie wurde manchmal nicht ganz schlau aus ihm. Gemeinsam mit Lilli waren sie schon von Anfang an dicke Freunde und unternahmen viel zusammen. Er war wie ein großer Bruder für sie, gab auf sie acht und brachte ihr Leckerbissen mit, wenn sie sich aus Daunenfedergründen wieder einmal nicht ins Futtergetümmel traute. Manchmal übertrieb er allerdings auch, war geradezu überfürsorglich und wich nicht von ihrer Seite. Wenn andere halbstarke Erpel den Weibchen anzügliche Bemerkungen hinterherquakten oder es sogar wagten, Charlie und ihren Freundinnen vorlaut in den Bürzel zu zwicken, dauerte es nicht lange, bis Hennes mit mächtigem Wasserrauschen neben ihr gelandet war und den Erpeleien mit finsteren Blicken rasch ein Ende setzte.

Charlie musste lächeln, als sie ihn beim Nachbürzeln seiner Federpracht beobachtete. Wenn sie es nicht besser wüsste, könnte sie glatt auf die Idee kommen, dass Hennes sie ein wenig anbalzen wollte …

Der General schob sich wie eine Fregatte zwischen die beiden Jungenten und brachte sie ins Hier und Jetzt zurück. Wie immer brabbelte er vor sich hin. »Schlecht, alles schlecht. Schlechte Luft, Luft am See, schlecht.«

Charlie lauschte. Schlechte Luft? Probeweise hob sie den Schnabel und schnüffelte. Alles ganz normal, Seewasser, Pflanzengerüche, ein Hauch Wildentenbouquet … Doch dann roch sie es auch: ein übelriechender Hauch, der nicht passte. Sie schloss die Augen und schnupperte erneut. Fisch! Toter Fisch!

Nun kam es öfter vor, dass ein toter Fisch im Uferwasser trieb und streng roch, doch das hier war anders. Es stank strenger, schärfer und fischiger, als wären sämtliche Fische im See gleichzeitig gestorben. Und was Charlie am meisten Sorgen machte: Der Geruch kam vom Ostufer.

Alarmiert machte sie sich auf den Weg dorthin. Die übrige Schar schloss sich nach und nach an, immer mehr Enten hielten ihre Schnäbel in die Luft und bemerkten den Geruch. Charlie blickte auf die Wasseroberfläche, um zu prüfen, ob dort tote Fische schwammen. Doch es war nichts zu sehen, und auch in Ufernähe gab es keine bleichen, umherschwappenden Fischbäuche.

Hennes überholte Charlie kurz vor der Böschung. »Lass mich vor, es könnte gefährlich sein«, quakte er ritterlich und watschelte an Land. Die übrigen folgten. Der Gestank wurde mit jeder Entenlänge widerwärtiger, hier am Ufer war er kaum auszuhalten. Charlie schaute sich verwirrt um. Warum kam der Fischgestank vom Land und nicht vom Wasser?

Hennes blieb wie angewurzelt stehen. Die anderen schlossen auf, dann sahen sie es auch: Versteckt im Unterholz standen zehn oder zwölf große weiße Kisten. Obwohl jede Kiste mit einem Deckel verschlossen war, quoll der üble Fischgestank daraus hervor und hing wie ein garstiger Dunst zwischen den Bäumen. Die Enten schauten sich an.

»Was ... was ist denn das?«, würgte Magnus. »Himmel, wie das stinkt!«

Kaum hatte er ausgesprochen, da brach die Erinnerung auch schon mit der Macht eines Wirbelsturms über Charlie herein. Genau das war es, was im Haus der Klinkhammers gesagt worden war und was seit gestern nebulös in ihrem Kopf geisterte! Sie hörte wieder die schrille Stimme der blonden Frau: »Ich weiß, du treibst irgendwas da unten am See, so oft, wie du hinfährst. Und ganz egal, was es ist – *es stinkt zum Himmel!*«

Charlie ließ ein dermaßen lautes Quaken hörten, dass der Rest der Schar eilig herbeikam. »Da steckt der dicke Mann dahinter!« Atemlos deutete sie mit dem Schnabel zu den Kisten. »Es stinkt zum Himmel, genau das ist ein Teil seines Plans. Ich habe gehört, wie die Menschen darüber geredet haben.«

Entrüstetes Geschnatter erhob sich. Was bildete sich der dicke Mann denn eigentlich ein? Der See war schließlich Entengewässer, man duldete schwimmende und badende Menschen gerade so, aber das hier ging entschieden zu weit! Bevor in der Schar jedoch eine Debatte über weitergehende Pläne losgetreten wurde, strömte sie zum Wasser zurück und ließ das anrüchige Ostufer hinter sich. In der Seemitte wurde die Luft endlich wieder besser. Die Enten bildeten einen Krisenkreis und wandten sich automatisch Eddie zu. Seit er gestern die Suchaktion nach Linus organisiert hatte, fiel ihm offensichtlich eine Art Leiterrolle zu.

Der Erpel schnaufte durch und plusterte das Brustgefieder auf. »Also, so wie's aussieht, hat uns ein Mensch eine ganze Menge stinkender Fischkisten ans Ufer gestellt. Warum, wissen wir nicht, aber es gefällt uns nicht.«

Die Übrigen nickten zustimmend. Das war trefflich zusammengefasst, Eddie schien echte Führungsqualitäten zu besitzen.

»Jungente Charlie«, er deutete in ihre Richtung, »hat gehört, dass das Ganze von dem dicken Klinkhammer-Menschen eingefädelt sein soll. Er verfolgt irgendeinen Plan hier am See, und das gefällt uns noch viel weniger.«

Man nickte erneut und hing Eddie förmlich am Schnabel. Er genoss seine Rolle und legte eine gewisse Schärfe in sein Schnattern. Der Erpel besaß definitiv demagogisches Talent.

»Denn dieser See ist ein Entensee, und kein Menschensee. Es geht nicht, dass stinkende Kisten herumstehen und uns in unserer Bewegungsfreiheit einschränken. Das können und werden wir nicht dulden!«

Jubel brach aus, Eddie hatte die Menge endgültig hinter sich. Er riss einen Flügel nach oben und schnarrte: »Ab heute bekommen die Menschen ihre Grenzen aufgezeigt! Enten sind geduldig, aber wenn wir gezwungen sind, uns zu wehren, dann werden wir es tun. Und wenn es sein muss, bis zur letzten Feder!«

Die Schar ließ ein kampfbereites Quaken hören, nahm Formation an und wartete auf so etwas wie einen Angriffsbefehl. Charlie zögerte. Sie wollte nicht als Spielverderberin gelten und Eddies neu gewonnene Autorität untergraben, doch schließlich paddelte sie ein Stück nach vorn. »Und, hm, wie genau wollen wir uns bis zur letzten Feder wehren?«

Die aggressive Grundstimmung bekam einen Dämpfer, das Entenbataillon schaute sich überrascht an.

»Öh, also, na ja, wir, hm«, Eddie überlegte, »wir könnten die Liegewiese der Menschen als neue Ufertoilette nutzen.«

Zustimmendes Quaken erklang. Au ja, das war eine tolle Idee! Die momentane Ufertoilette, ein Grasfleck hinter dem Schilf, müffelte schon ein wenig, es war Zeit für einen Wechsel.

Doch Charlie schüttelte den Kopf. »Und dann? Erstens dauert es ein paar Tage oder sogar Wochen, bis das den Menschen richtig auffallen würde, und zweitens haben wir damit das Fischkistenproblem noch immer nicht gelöst.«

Ernüchterung machte sich breit, die Kampfeslust verflog.

»So, und was sollen wir deiner Meinung nach tun?«, fragte Eddie kühl. »Vor uns hin gründeln und zusehen, wie die Menschen den See übernehmen?« Er schien es Charlie übelzunehmen, dass sie das von ihm geschürte emotionale Feuer gelöscht hatte. Doch sie war vorbereitet.

»Nein, wir müssen die Sache schlauer anstellen. Wir sind uns einig, dass einer der Menschen, nämlich der dicke Klinkhammer, etwas Schlechtes hier am See plant. Etwas, das zum Himmel stinkt und das uns Enten nicht gefällt.« Verhaltenes Nicken allenthalben. »Wir wissen aber auch, dass Klinkhammer nicht viele Freunde unter den Menschen hat. Martin mag ihn nicht, Waldi auch nicht, und viele andere schimpfen genauso auf ihn. Also können wir uns denken, dass Klinkhammers Plan den anderen Menschen genauso wenig gefallen wird, wie er uns gefällt. Richtig?«

Wieder nickten die Enten. Charlies Argumentation besaß zwar nicht die revolutionäre Sprengkraft von Eddies Rede, war aber durchaus schlüssig.

»So, und weil Klinkhammer seine Fischkisten dort ans Ufer gestellt hat, wo die Menschen selten unterwegs sind, werden sie die Kisten nicht finden, und sein Plan bleibt geheim. Was können wir also tun?«

Die Schar schaute sich an und grübelte. Nach ein paar Sekunden platzte Eddie heraus: »Eine Sturzflugattacke auf die Promenade, wenn viele Leute unterwegs sind?«

Charlie verdrehte die Augen. »Nein, Eddie. Sehr viel einfacher: Wir müssen die Menschen zu den Fischkisten locken, und zwar in dem Augenblick, in dem Klinkhammer sich daran zu schaffen macht. Dann entdecken sie, was dort los ist, und der Plan des dicken Mannes geht nicht auf. Die Kisten werden dann sehr schnell weggeräumt, sodass für uns wieder alles in Ordnung kommt.«

Die Enten schnatterten überrascht. Der Plan der Jungente konnte sich sehen lassen, sogar Eddie nickte, wenn auch widerwillig. Lediglich die drei Tratschweibchen Mechthild, Gertrud und Annegret zogen in gewohnter Manier die Schnäbel nach unten. Annegret wippte griesgrämig mit dem Bürzel.

»Soso. Und wie sollen wir die Menschen zu den Kisten locken?«

Charlie sah sich einer Vielzahl erwartungsvoller Entenaugen gegenüber, wusste jedoch nichts zu sagen. Diesen Teil des Plans hatte sie leider noch nicht ausgearbeitet. Sie überlegte. Eine lauthals schnatternde Entenschar am Ostufer würde bei den Menschen nicht wirklich auf Interesse stoßen, das war klar. Und sogar eine ausgefeilte Choreografie mit Flügelschlagen, Zetern und Rascheln im Gebüsch hätte wenig Aussicht auf Erfolg.

»Wir, hm …«, fing sie lahm an, doch ausgerechnet Lilli, die kleine schüchterne Lilli, unterbrach sie: »Wir brauchen etwas, das die Menschen neugierig macht.«

Alle schauten sie verblüfft an, wobei unklar war, ob die Schar über das neue Selbstbewusstsein der Jungente oder über ihre Idee erstaunt war. Charlie legte den Kopf schief und hörte zu. Lilli nutzte ihre Erlebnisse im Klinkhammer'schen Garten wohl als Inspiration.

»Wenn wir die Menschen zum Fischkistenufer locken wollen, dürfen wir nicht wie eine Ente denken, sondern wie ein Mensch. Was würde einen Menschen neugierig machen? Sicherlich ein Menschending, etwas aus seiner eigenen Welt.«

Nach einer Schweigesekunde war es wiederum Annegret, die den allgemeinen Zweifel in Worte fasste. »Aha. Und wo sollen wir ein solches *Menschending* deiner Meinung nach herbekommen? Wir haben keine *Menschendinge* am See.«

»Doch, haben wir. Und zwar im Brummbecken.«

Ein bewunderndes Raunen ging durch die Schar. Natürlich – das Brummbecken! Dort gab es Menschendinge, die den Enten zur freien Verfügung standen.

Das Brummbecken

Neukirchen lag – wie das restliche Deutschland auch – in der mitteleuropäischen Westwindzone, der Wind wehte die allermeiste Zeit von West nach Ost. Kleinräumliche Gegebenheiten wie eine leichte Anhebung im Stadtgebiet und die grüne Wand des Naturschutzgebietes veränderten diese Hauptwindrichtung zu einer Südwest-Brise, die über den See hinwegzog und eine milde Strömung erzeugte.

Als Resultat dieser Strömung schwamm, trieb und dümpelte alles, was in den See geriet, im Laufe der Zeit nach Nordosten. Der Uferlinie des Gewässers folgend sammelten sich Holzstücke, Plastikflaschen, verlorene Spielzeuge, Gummitiere, halbe Schuhe, Verpackungsreste und viele weitere menschgemachte Relikte in einer schmalen Ausbuchtung. Dieser Sporn war nicht sehr hübsch anzusehen, die angetriebenen Überbleibsel schwammen in einer schaumigen Brühe und wurden von Fliegen umschwirrt. Die Enten nannten diese Ecke deshalb lautmalerisch Brummbecken und mieden sie normalerweise.

Nun aber hatte die Schar das Brummbecken als Ziel auserkoren und schnatterte tatendurstig auf dem Weg dorthin. Eine tolle Idee, die die kleine Ente gehabt hatte. Man würde in den Hinterlassenschaften der Menschen etwas finden, was diese neugierig machen und zum grünen Ufer locken würde. Das Fischkistenproblem war so gut wie gelöst.

Die Aktion hatte eine Art Volksfestcharakter erhalten, nahezu die gesamte Entenpopulation war dabei. Der General schwamm mit, Konstanze und Tilda hatten sogar ihre Küken mitgenommen, hielten die gelben Flaumbälle mit sanften Schnabelstößen auf Kurs und überprüften beiläufig, ob die Nummerierung geändert werden musste. Die Enten waren so begeistert, dass ihnen erst im Schatten des Nordufers der zweite Grund einfiel, weshalb sie diesen Teil des Sees ungern besuchten. Wie aus dem Nichts ragten plötzlich zwei große, weiße Figuren mit gebogenen Hälsen in die Höhe und glitten bedrohlich auf die Schar zu.

»Oh, hm ... die Schwäne«, quakte Eddie verhalten.

Die Schwäne, sieben an der Zahl und am Nordufer heimisch, wurden im entelignen Alltag kaum thematisiert. Dasselbe galt übrigens für alle anderen Wasservögel, ja sogar für Hasen und Kaninchen, für Eichhörnchen, Rehe und Wildschweine. Die gemeine Stockente nahm andere Tiere – sofern sie nicht gerade in deren Zähnen oder Fängen verendete, und dann war es zu spät – schlicht und einfach nicht zur Kenntnis, frei nach dem altbekannten Entenmotto: *Etwas, über das man nicht redet, gibt es nicht.*

Dieses erstaunliche Selbstbewusstsein fußte auf einer Legende, die im Sagenschatz der Enten beheimatet war und jeder nachwachsenden Kükengeneration erzählte wurde:

Die Legende vom Wettstreit der Tiere

Vor langer, langer Zeit trug es sich zu, dass Fuchs, Amsel, Karpfen und Erpel in einen Streit gerieten, denn sie konnten sich nicht einigen, welches Tier das klügste, schnellste, mutigste und schönste war. Sie entschlossen sich zu einem Wettbewerb, und jedes

Tier strengte sich an. Der Erpel gewann die ersten drei Disziplinen spielend – er wusste besser Bescheid als der Fuchs, flog schneller als die Amsel und tauchte tiefer als der Karpfen. Als es nun an die letzte Frage ging, heckten die drei Verlierer eine Gemeinheit aus und beschlossen, dass die Schwanzfedern des Erpels auf das schönste Tier zeigen sollten. Denn es wäre unmöglich, so sprachen sie hinterrücks, dass der Erpel auf sich selbst zeigen und damit auch noch die letzte Disziplin gewinnen könne. Doch was geschah? Seine Schwanzfedern fingen an, sich zu rollen, sie bildeten Kringel und wurden zu dem, was man Erpellocken nennt. Die anderen Tiere trauten ihren Augen nicht: Die Federn zeigten nun doch auf den Erpel, und somit hatte er auch den letzten Wettbewerb gewonnen. Die Erpellocken ringeln sich bis zum heutigen Tage am Bürzel eines jeden Männchens und erinnern die Enten täglich daran, dass sie nicht nur die klügsten, schnellsten und tapfersten, sondern auch die schönsten Tiere sind.

Angesichts dieses Selbstverständnisses wunderte es nicht, dass die Schar in den Schwänen nichts weiter als grotesk aufgeblähte, farblose Entenwesen mit wackeligem Hals sah. Lächerlich! Wie auf einen geheimen Befehl hin teilte sich die Menge und machte den Weg frei für Magnus. Der muskulöse Erpel würde diesem blassen Riesengeflügel schon zeigen, wer die wahren Herren des Sees waren.

Fünf Minuten später sortierte Magnus kleinlaut sein Gefieder, das in alle Richtungen abstand.
»Geht's?«, fragte Konstanze halblaut.
»Mhm. Sind nur Rupfungen«, knurrte er zurück und versuchte mit verquollenen Augen, Einzelheiten des Brummbeckens zu erkennen. Mehr noch als Karkasse und Kopffedern war sein Stolz verletzt. Der Erpel hatte die Abreibung seines Lebens erhalten, als die beiden Schwäne – seine breite Brust und sein drohend-pompöses Geflatter völlig ignorierend – mit großer Selbstverständlichkeit Schwung geholt und ihre scharfen Schnäbel in ihm versenkt hatten. Erst das panische Gequake der übrigen Schar und die schrillen Pfiffe der Küken entlockten den weißen Riesen mitleidige Blicke, sie drehten mit stoischer Gelassenheit ab und paddelten zur Seite. Nun trieben sie in einiger Entfernung dahin, putzten ihr Gefieder und ließen das Treiben der Entenschar nicht aus den Augen.
»Schnell jetzt, bevor sie es sich anders überlegen!« Eddie warf einen schüchternen Blick auf die Schwäne, die wie drohende Kriegsschiffe in der Bucht lagen. Eilig ruderten die Enten in das schau-

mige Wasser des Brummbeckens, wo sie von einem grünlichen Algenteppich und dem namensgebenden Gebrumme der Fliegen empfangen wurden. Jede Menge Menschendinge trieben halb verborgen im Schaum.

»Brrrr, widerlich!« Hennes tunkte den Schnabel vorsichtig in die Brühe und fing an, die umherschwimmenden Gegenstände zu untersuchen. Charlie half ihm nach Leibeskräften, wenngleich das trübe Wasser bitter und ungesund schmeckte. Eine Plastiktüte, ein Stück Stoff, eine leere Flasche, ein Holzring. Auch die übrigen Enten beteiligten sich an der Suchaktion, die dadurch erschwert wurde, dass sie keine rechte Vorstellung vom Ziel ihrer Suche hatten. Etwas, das die Menschen neugierig machen sollte …

Fräulein Schmitt quakte triumphierend und flatterte mit den Flügeln, um etwas großes Helles halb aus dem Wasser zu hieven. Die anderen waren begeistert, es war eines jener Aufblas-Dinger, mit denen die Menschenkinder gerne im Uferbereich tollten. Es war grau und hatte die Form eines zähnefletschenden Fischs mit dreieckiger Rückenflosse. Die Enten hatten noch niemals einen solchen Fisch gesehen, dachten sich aber nichts weiter dabei. Einzig Lilli sah sich in ihren Hai-Ängsten nachhaltig bestätigt. Das Ding hing schlaff im Wasser, die Luft war weitgehend entwichen, doch immerhin, es war groß und auffällig. Die Schar schnatterte und fing an, das Gummitier ins tiefere Wasser zu bugsieren. Doch Charlie war noch nicht zufrieden. Ein simpler Fisch, selbst ein zähnefletschender, würde nicht reichen, um die Menschen neugierig zu machen. Sie gab Hennes und Lilli einen Wink, zu dritt stöberten sie weiter im Brummbecken. Faulendes Obst, eine Badelatsche, nichts wirklich Brauchbares. Charlie schnäbelte und schnäbelte. Erneut bekam sie das Stück Stoff zu fassen, das sie bereits vorhin zur Seite geschoben hatte. Moment mal, was war das eigentlich? Sie faltete das zerknitterte und durchweichte Ding auseinander und ließ ein trompetendes Quaken erschallen. Der Stoff entpuppte sich als T-Shirt, dunkelblau und arg mitgenommen, aber eindeutig zu erkennen. Hennes brauchte nur einen einzigen Blick, um Charlies Idee nachzuvollziehen: »Damit ziehen wir den Fisch an.«

Die drei Jungenten zerrten das T-Shirt hinter der Schar her, die mit dem halb versunkenen Gummitier bereits wieder auf dem Rückweg war. Unter den wachen Augen der Schwäne ließen sie das Nordufer hinter sich, worauf Magnus, auf ausreichenden Sicherheitsabstand bedacht, in wüstes Geschnatter ausbrach und den großen Vögeln Grauenhaftes androhte für den Fall, dass er demnächst auf einen kurzen Besuch vorbeischauen würde.

Am Ostufer angekommen, suchten die Enten mit gerümpften Schnäbeln diejenige Stelle auf, an der der üble Geruch am stärksten wehte, und zerrten den schlaffen Fisch an Land. Mit vereinten Erpelkräften gelang es ihnen, das Gummiwesen im Ufergras auszubreiten. Nun machten sich Charlie, Lilli, Gertrud und Fräulein Schmitt daran, dem Gummifisch das T-Shirt überzuziehen. Es war schwieriger als gedacht, den nassen Stoff so über den Fisch zu schnäbeln, dass er straff und einigermaßen menschenähnlich aussah. Nach getaner Arbeit klappten Eddie und Charlie die Flügel aus, flogen eine halbhohe Schleife und überprüften den Gesamteindruck. Zufrieden kehrten sie zurück. Auf eine gewisse Entfernung erweckte die entelige Konstruktion den Eindruck eines Menschenwesens, das kraftlos am Boden lag: Die helle Oberfläche des Fisches wirkte wie Menschenhaut, das T-Shirt gaukelte Arme und einen Kopf vor. Dazu kam, dass sich der Nachmittag dem Ende zuneigte und das milde Abendlicht die Illusion stützte.

Die Enten kamen erneut zu einem Krisenkreis zusammen, Tilda schaute von der Gummihülle zur Schar.

»So, nun haben wir ein Menschen-neugierig-mach-Ding. Aber wie schaffen wir es, nicht nur auf die Fischkisten, sondern gleichzeitig auf den Plan des Klinkhammer-Menschen aufmerksam zu machen? Wie kriegen wir die Menschen pünktlich hierher?«

Charlie, Hennes und Lilli traten einen Schritt nach vorne. Ein leichtes Lampenfieber befiel Charlie, als sie den Schnabel öffnete. »Also, hm … dazu hätten wir einen Plan.«

Zwei Stunden später war die entelige Falle aufgebaut und zum Zuschnappen bereit. An strategischen Punkten lugten versteckt hinter Büschen und Schilf Augen hindurch, tarnfarbene Weibchen schmiegten sich ins Blattwerk, reglose Erpel trieben auf untiefem Wasser, Magnus und Hennes spannten ihre Muskeln und probten im Geiste immer wieder denselben Bewegungsablauf. Allenthalben herrschte eine gespannte Aufmerksamkeit, Entennerven vibrierten vor Nervosität.

Charlie hatte einen der hinteren Blickfangposten inne und hielt sich im Schatten des Bootsanlegers versteckt. Von ihrer Position aus konnte sie den vorderen Teil des Sees, die Promenade und das halbe Ostufer überblicken. Minütlich wurde es dunkler, sie hoffte inständig, dass ihr Plan nicht von der Nacht vereitelt werden würde.

Mit sanften Schwimmfußbewegungen korrigierte sie ihre Position um eine Winzigkeit. Die schwarzen

Riesenrümpfe um sie herum ragten in den Himmel, das Murmeln der Menschen auf der Uferpromenade war längst den leisen Schritten der letzten Spaziergänger gewichen. Es wurde höchste Zeit. Na los, Klinkhammer, na los …

Da! Ein schallendes Quaken klang über das Wasser hinweg. Das war das vereinbarte Zeichen, dass Eddie, versteckt im Grüngürtel des Ostufers, eine Bewegung bei den Fischkisten wahrgenommen hatte. Klinkhammers Himmelsstink-Vorhaben begann. Wie gut gefettete Brustfedern griffen nun die übrigen Teile des Entenplans ineinander: Magnus und Hennes, ausgestattet mit starken Schnäbeln und kräftigen Flügeln, schnappten den T-Shirt-Fisch, flatterten auf und hängten die Gummikonstruktion weithin sichtbar an einen der Büsche. Gleichzeitig stiegen die vorderen Blickfang-Enten – Tilda, Annegret, Gertrud und Fräulein Schmitt – auf Höhe des Imbiss-Restaurants in die Luft und zogen lauthals quakend die Aufmerksamkeit der letzten Seebesucher auf sich. Daraufhin sollten die hinteren Blickfang-Enten – Charlie, Lilli, Konstanze und Mechthild – am Bootssteg ein ähnliches Konzert veranstalten und den Blick der Menschen weiter nach hinten in Richtung des Naturschutzgebietes lenken. Dort würde, so der Plan, die hängende T-Shirt-Figur ins Auge stechen und bei den Spaziergängern Alarmstimmung hervorrufen.

Charlie klappte nervös ihre Flügel aus, um gemeinsam mit den anderen aufzuflattern, die sich links und rechts des Bootsanlegers versteckten. Da geschah es: Aus nächster Nähe erklang die Entenstimme, die sie gestern Abend gehört hatte. Linus! Geschockt verharrte Charlie mitten in der Flatterbewegung. Kein Zweifel, es war der dicke Erpel.

»Hier! Hierher zu mir«, quakte er dumpf, aber vernehmlich. »Los, los, los!«

»Linus!« Charlie war hin und her gerissen zwischen Pflichterfüllung und dem Wunsch, nach dem Erpel zu suchen. Er rief nach Hilfe, er steckte in der Klemme.

»Linus! Wo steckst du? Was ist los?« Das Blut rauschte in Charlies Kopf, doch nun hörte sie nichts mehr. Kein Linus, kein Quaken. Stattdessen erklangen flatternde Federn und lauthals schnatternde Kehlen – die anderen Blickfang-Enten waren gestartet. Mit dem schlimmen Gefühl, den Erpel zum zweiten Mal im Stich zu lassen, erhob Charlie sich in die Luft und stimmte ein in den quakenden Chor.

Von da an lief der entelige Plan wie am Schnürchen. Drei Menschenpärchen, Arm in Arm auf der dämmerigen Promenade unterwegs, wurden von den vorderen und hinteren Blickfang-Enten in perfekter Choreografie auf das Ostufer aufmerksam gemacht, wo das Fisch-T-Shirt-Gummitier schlaff über einem Busch hing. Die Menschenaugen wurden groß, man tastete nach den Sprechkästen und gab die Beobachtung mit überkippender Stimme zu Protokoll.

Die Enten hatten kaum Zeit, sich zu sammeln und zum grünen Ufer zu paddeln, als auch schon Autos mit zuckenden Lichtern erschienen. Männer in blauen, roten und weißen Kleidern rannten ins Unterholz und riefen sich Anweisungen zu. Auch die Reporterfrau Vanessa Kreuzke erschien. Gemeinsam mit den Männern eilte sie von Baum zu Baum und stand schon bald etwas ratlos neben dem Gummifisch. Dann zündete die zweite Stufe des Plans: laute Stimmen waren zu hören, die weißen Boxen wurden entdeckt, Äste brachen, barsche Befehle erklangen. Die Enten reckten die Köpfe – jemand wurde durchs Unterholz verfolgt. Der Himmelsstink-Plan vom dicken Klinkhammer war gescheitert, die Menschen waren ihm auf der Spur. Da! Ein Knacken, ein Schrei!

Verdutzt schauten Charlie, Hennes und Lilli sich an. Dieser Schrei klang nicht nach Klinkhammer. Nein, das war eine andere Stimme. Eine, die die Enten gut kannten.

Flankiert von zwei Mützenträgern, die Arme auf dem Rücken und den Kopf gesenkt, wurde Martin ans Ufer geführt.

*Der **Samstag** offenbart eine Bazille, worauf eine Ente sinkt und eine lebende Boje vom Himmel fällt, böse Augen blinzeln über das Wasser, es zischen Federn, schließlich steht eine trauernde Unke im Mittelpunkt.*

»Das ist ja wohl der Hammer! Der Hammer, Kleines!«

Karla war dermaßen außer sich, dass sie vor lauter Kopfschütteln und Zeitungsrascheln die Morgenbrezel vergaß. Es wäre in der Tat auch keine Morgen-, sondern eher eine Mittagsbrezel, denn am Vormittag hatten diskutierende Neukirchener Bürger die Promenade blockiert und sich über die unerhörten Vorgänge des gestrigen Abends ausgetauscht. Trotz alledem linste Charlie in Richtung der Brezelhalterstange auf der linken Kioskseite. Auch eine wissbegierige Ente blieb schließlich eine hungrige Ente. Doch Karla war in Fahrt.

»Das hätte ich ja im Leben nicht gedacht, dass der Friese so eine linke Bazille ist! Oder, Kleines, hätten wir das gedacht?«

Charlie wusste zwar nicht, was eine »Bazille« war, aber es klang unschön. Sie brannte darauf, endlich Näheres über Martin, die Fischkisten und das Ostufer zu erfahren. Die Entenschar hatte sich abends die Köpfe heiß geschnattert, war aber zu keinem Ergebnis gekommen. Wieso stand plötzlich Martin am Ufer und nicht der dicke Klinkhammer? Diese Entwicklung überstieg das enteLige Weltverständnis.

»Und weißt du, wie er alles erklärt hat? Mit Umweltschutz! Pah!« Das Wort klang aus Karlas Mund wie eine Beleidigung. Sie beugte sich vor und schlug mit der Zeitung auf den Tresen, als wäre Martin darunter versteckt.

»Was hat es mit Umweltschutz zu tun, wenn man literweise Waldmeisterzeug in den See kippt und dann noch versucht, zwanzig Kilo tote Fische hinterher zu schmeißen? Da bleibt einem doch die Spucke weg!«

Offensichtlich musste sie den Spuckemangel sofort ausgleichen, denn sie nahm einen großen Schluck Kaffee. Charlie grübelte derweilen über Karlas Worte. Wie war das? Martin war nicht nur für die Fischkisten, sondern auch für den grünen See verantwortlich?

»Der Friese, der hat nämlich gemerkt, dass er auf verlorenem Posten steht mit seinem Öko-Projekt. Klinkhammers Bauvorhaben ist so gut wie genehmigt, juristisch lässt sich nichts mehr machen, sogar der Bürgermeister steht inzwischen auf Klinkhammers Seite. Und zum Schluss hat die Stadt dem Friese auch noch die Gelder zusammengestrichen. Also entschließt er sich, die Lage am See zu dramatisieren. Er fährt zur Metro und kauft das ganze Waldmeisterregal leer. Nachts schüttet er das Zeug ins Wasser, und weißt du, warum? Weil er eine Algenblüte simulieren will! Eine Algenblüte! Die Leute sollen meinen, dass der See kurz vor dem Umkippem ist. Auf diese Weise will er das Bauprojekt stoppen und seine ökologische Forschung wichtigmachen, stell dir das mal vor.«

Karla griff nun endlich zur Brezelstange und warf Charlie einen Laugenbissen zu. Mechanisch schnäbelte die Ente, während sie nachdachte. Martin hatte also versucht, den See ein anderes Aussehen zu geben, damit er seine Untersuchungen fortführen konnte? Doch schon redete Karla weiter.

»Die Sache geht aber nach hinten los, denn ein Blinder mit Krückstock sieht, dass das Zeug keine Algenblüte ist. Viel zu grell, viel zu künstlich. Also hält der Friese seine Klappe und tut so, als hätte er keine Ahnung davon.« Sie kicherte. »Ist natürlich schon witzig, dass irgendwelche Spaßvögel in derselben Nacht einen Rucksack mit Radioaktivzeichen auf den Weg legen und einen Großeinsatz lostreten.«

Charlie machte sie höflich darauf aufmerksam, dass es keine Spaß-, sondern Wasservögel gewesen waren, doch Karla interpretierte ihr Geschnatter als Hungerlaut und legte Brezel nach.

»So, jetzt kommt's aber. Der Friese gibt nicht auf und schmiedet einen zweiten Plan. Wenn schon keine Algenblüte, denkt er sich, dann zumindest ein ordentliches Fischsterben. Also fährt er wieder zur Metro und kauft in der Frischfischabteilung den kompletten Vorrat an Hechten, Welsen, Zander und Karpfen. In Styroporkisten verpackt schleppt er die ganze Pracht ins Naturschutzgebiet und will sie nachts in den See kippen. Na, da hätte er natürlich am nächsten Morgen schön Alarm schlagen können, wenn auf einmal Dutzende von toten Fischen im Wasser getrieben wären. Aber die Sache geht schon wieder in die Hose, irgendwelche Spaziergänger sehen ein kaputtes Gummivieh, halten es für einen Menschen und alarmieren die Polizei. Tja, und die schnappt den Friese in flagranti, wie er gerade an seinen Kisten herumfuhrwerkt.«

Karla schüttelte den Kopf und fing raschelnd an, ihre morgendlichen Einnahmen zu zählen und wegzupacken.

»Und da sieht man mal wieder, wie man sich in den Leuten täuschen kann. Der ganze faule Zauber hier am See – alles ein Werk von diesem selbsternannten Umweltschützer.«

Nachdem Charlie den letzten Bissen vertilgt hatte, machte sie sich auf den Rückweg zur Schar. In Gedanken war sie noch immer bei Karlas Erklärungen, doch sie konnte der Brezelfrau nur zum Teil zustimmen. So wie es aussah, hatte Martin tatsächlich einige der seltsamen Vorgänge am See verursacht. Einige, aber nicht alle. Denn was war mit Klinkhammers geheimnisvollem Plan? Mit der fremden Ente am Ostufer? Mit dem Gregorius-Taucher und der Papierkorbfrau? Und was hatte es mit der geisterhaften Linus-Stimme auf sich?

Die Linus-Stimme … Am Vormittag hatte Charlie ihren Mitenten vom Hilferuf des dicken Erpels berichtet, und man war gemeinschaftlich am Bootsanleger auf Spurensuche gegangen. Schnatternd durchforsteten die Enten jeden Winkel, doch nirgendwo war eine Spur des dicken Erpels zu sehen oder ein hilfesuchendes Quaken zu hören. Fräulein Schmitt hatte die Schar danach altklug über Schallverzerrung auf Wasserflächen und über angespannte Nerven in kritischen Situationen aufgeklärt, sodass Charlie schließlich angefangen hatte, ihre eigene Erinnerung in Zweifel zu ziehen. Inzwischen konnte sie nicht mehr zwischen Einbildung und Wahrheit unterscheiden und ärgerte sich darüber.

Sie erreichte die Schar, die längst schon wieder zur Normalität übergegangen war. Charlie beobachtete ihre Mitenten ein wenig neidisch und seufzte. Warum musste sie sich tiefschürfende Gedanken über Menschenpläne und tote Enten machen? Warum konnte sie das Leben nicht ebenso leicht nehmen wie die anderen? Magnus und Eddie gründelten dermaßen hingebungsvoll, dass ihre kleine Welt völlig davon ausgefüllt war. Die drei Klatschweibchen tauschten bissige Kommentare aus, Tilda und Konstanze hielten ihre Kükenbande in Schach, Lilli sortierte konzentriert ihr Brustgefieder. Neben ihr war Hennes damit beschäftigt, den Schnabel ins Wasser zu tupfen und begeistert den Wellenringen zuzuschauen, die er dadurch erzeugte. Weiter hinten trieb der General mit leichter, einfettungsbedingter Schlagseite, und ein weiteres Mitglied der Schar zog seine Bahnen in der Seemitte.

Stopp! Charlie strengte ihre Augen an. Nein, das war kein Mitglied der Schar, das war die fremde Ente. Entschlossen fuhr sie die Flügel aus, quakte Hennes und Magnus herbei und nahm Geschwindigkeit auf. Diesmal würde die Fremde nicht entwischen. Jetzt waren ein paar Antworten fällig.

Wie ein Kampfgeschwader zogen die drei Enten eine Flügelbreite über dem Wasser dahin, während Charlie den beiden Erpeln von ihren Erlebnissen mit der fremden Ente berichtete. Diese wendete eilig und hielt auf das Ostufer zu, doch Charlie sah mit Genugtuung, dass sie keine Chance hatte. Wieder fiel ihr der merkwürdige Spiegel auf. Wo mochte diese Ente nur herkommen?

Trotz der hohen Fluggeschwindigkeit des Geschwaders schaffte die Flüchtende es fast, das rettende Ufer zu erreichen. Diese Ente schwamm wahnsinnig schnell. Gerade noch rechtzeitig wasserten die drei mit mächtigem Rauschen.

»Hey, du da, halt mal die Flossen still!«, herrschte Hennes die Ente an. Sie reagierte nicht, sondern legte sich in eine ausweichende Kurve.

»Wir wollen nur mal mit dir reden. Mach doch mal langsam!«, quakte Charlie etwas sanfter, doch ebenso erfolglos. Die fremde Ente hielt unverdrossen auf das Ufer zu.

»Ey, stopp!« Magnus, kein Erpel großer Worte, ließ seiner Aufforderung einen kräftigen Schnabelstüber folgen. Die Ente torkelte, verzog jedoch keine Miene und wurde auch nicht langsamer. Nun wurde es Charlie zu bunt.

»Hast du keine Ohren? Du sollst verflixt noch mal anhalten.« Als nach wie vor keine Reaktion erfolgte, gab sie Magnus einen Wink. Der Erpel holte Schwung und donnerte mit voller Breitseite gegen die Flüchtende. Doch was war das? Die Ente kenterte, ohne ihre steife Haltung aufzugeben. Auf ihrer Unterseite – Charlie zog vor Schreck scharf Luft ein – offenbarten sich statt enteliger Schwimmfüße ein kleines Ruderblatt und eine quirlende Schraube, die sich summend drehte und Wasser aufwirbelte.

Die drei schauten sich an. Die fremde Ente war in Wirklichkeit eine Maschine! Kein Wunder, dass ihr Spiegel so fremd aussah und sie unnatürlich schnell schwimmen konnte.

Blubbernd sank die künstliche Ente tiefer. Die rasende Schraube fasste wieder Wasser, die Konstruktion drehte sich ein paarmal um die eigene Achse, bevor sie in die Tiefe gezogen wurde. Das Letzte, was Charlie sah, waren die starren, toten Augen der Maschinenente, die wie blanke Knöpfe im See verschwanden.

Gut versteckt im Gebüsch beobachtete ein Mensch den dramatischen Abgang der künstlichen Ente. Ein stilles Grinsen verzog seine Lippen, als er die Verwirrung der Fleisch-und-Blut-Enten bemerkte. Na, hat euch eure neue Freundin einen Schrecken eingejagt?

Er legte eine professionelle Modellbau-Fernbedienung zur Seite. Schade um das schöne Spielzeug, aber immerhin, es hatte seinen Dienst erfüllt. Fast zärtlich strich seine Hand über ein Notebook, auf dem ein Ortungsprogramm geöffnet war. Die Umrisse des Neukirchener Sees waren zu erkennen, an einer bestimmten Stelle pulste der Herzschlag einer GPS-Signatur.

»Hab ich dich endlich gefunden«, flüsterte der Mensch fast unhörbar.

Elf Stunden später lag der See in beschaulicher Nachtruhe. Eine Eule ließ ihren Ruf ertönen und glitt als geräuschloser Schatten durch die Luft, Kleingetier raschelte, eine Grille zirpte in unermüdlicher Wiederholung.

Ekkehard Klinkhammer schlug einen großen Bogen um die Uferpromenade und näherte sich dem

Bootsanleger von hinten. Er hatte seinen Porsche zu Hause in der Garage gelassen und war zu Fuß gegangen, ein wahrhaft seltenes Unterfangen. Doch bei dem, was er heute Nacht vorhatte, konnte er keine Zeugen gebrauchen, keine neugierigen Anwohner, die sich an den schwarzen Cayenne erinnern würden.

Der Baulöwe duckte sich und ließ seine bullige Statur mit den dunklen Büschen verschmelzen. Er hatte eine Flasche mit klarer Flüssigkeit bei sich, trotz des milden Abends trug er Handschuhe.

Zur selben Zeit wurde Charlie, die gemeinsam mit den übrigen Enten am Ufer aufgereiht und mit sorgfältig unter dem Flügel verstautem Kopf schlief, von einem Albdruck geplagt. Die Geschehnisse der letzten Tage, Linus' Geisterstimme und die mechanische Ente vermischten sich zu einer wirren Fantasterei, die sie unruhig zucken ließ. Im Traum trieb sie auf dem Wasser, konnte sich jedoch trotz aller Anstrengung nicht bewegen. Am Ufer stand Martin, der mit wildem Blick grüne Farbe und tote Fische in den

See schleuderte. Direkt vor Charlie fing das Wasser an zu brodeln, zu ihrem Entsetzen stieg etwas aus der Tiefe empor. Es war die künstliche Ente, ihre Augen starrten tot zur Oberfläche hoch. Doch nein, es war nicht die fremde Ente, es war Linus! Eine böse Macht hatte ihn zu einem Mischwesen aus Tier und Maschine geformt, Drähte und Schrauben ragten aus ihm heraus. Der Horror-Erpel öffnete den Schnabel und quakte mit schnarrender Stimme: »Du hast mich allein gelassen. Du hast mich verraten.« Drohend kam er näher, seine mechanischen Gelenke quietschten. Charlie versuchte zu fliehen, doch sie konnte sich nicht rühren, noch nicht einmal den Kopf drehen.

»Du hättest mich finden können. Hierher zu mir! Los, los, los! Hier! Hierher zu mir …«

Charlie wachte auf und wollte hochfahren, doch sie merkte erschrocken, dass sie tatsächlich von etwas festgehalten wurde. Panisch versuchte sie, ihren Kopf hochzureißen, doch es ging nicht, er war wie festzementiert. Erst nach ein paar Sekunden wurde ihr klar, dass er noch immer unter ihrem Flügel steckte. Leicht beschämt richtete sie sich auf – um gleich darauf zu erstarren. Die Stimme, Linus' Stimme … es war kein Traum gewesen. Der Erpel quakte wirklich über den See, erneut rief er um Hilfe.

»Hier! Hierher zu mir!«, schallte es leise, aber deutlich vom Bootsanleger herüber.

Das Leben kehrte in Charlie zurück. Gepeinigt von ihrem Albtraum beschloss sie, Linus diesmal nicht im Stich zu lassen. Eilig quakte sie die anderen wach, die nach unwilligem Geschnatter den Atem anhielten und lauschten. Das Quaken hallte erneut über das Wasser.

»Ich werd verrückt. Das ist tatsächlich Linus!« Eddie hielt den Kopf schief, um besser hören zu können.

»Genau wie ich euch gesagt habe. Es kommt vom Anleger.« Charlie wäre am liebsten sofort losgeflattert, doch sie wollte die anderen dabeihaben. Eine komplette Schar konnte mehr ausrichten als eine einzelne Ente.

Eddie richtete sich zu seiner vollen Größe auf. Er hatte wieder Gelegenheit, seine Führungsqualitäten unter Beweis zu stellen. Mit fester Stimme teilte er die Entenbrigade in Kleingruppen ein, die aufflogen und die kurze Distanz zum Steg zurücklegten. Dort sammelten sie sich wieder und lauschten. Der Mond stand hell am wolkenlosen Nachthimmel und goss sein Licht über den See, die Boote ragten schwarz in die Höhe. Das Wasser klatschte leise an ihre Rümpfe.

»Hier! Hierher zu mir! Los, los, los!« Linus' Stimme erscholl in nächster Nähe, alle fuhren zusammen.

»Da! Hier drin! Das kam hier raus.« Aufgeregt deutete Lilli auf das Boot, neben dem sie schwamm. »Ich hab's genau gehört.«

Die Enten legten die Köpfe in den Nacken. Das Boot, das Lilli meinte, war das größte am gesamten Steg, aus der Entenperspektive ragte es bis in den Himmel. Sie wussten sogar, wem es gehörte, nämlich dem dicken Klinkhammer-Menschen. Charlie fröstelte und plusterte unwillkürlich ihr Gefieder auf. Konnte es Zufall sein, dass Linus sich ausgerechnet in der Jacht des Mannes befand, der hier am See etwas Geheimnisvolles im Schilde führte?

Doch es blieb keine Zeit für langes Nachdenken. Auf Eddies Befehl flatterten die Enten in die Höhe und landeten auf dem hinteren Teil des Bootes. Neugierig schauten sie sich um. Die Boote hatten sie bisher nicht sonderlich interessiert. Typisch Menschen, sie brauchten ein Hilfsmittel, um auf dem Wasser zu treiben. Enten konnten das von allein.

Die Jacht erschien der Schar eher unspektakulär, ihr hinterer, flacher Teil besaß Sitzbänke und Tische. In der Mitte des Rumpfes erhob sich eine lang gestreckte Kabine, auf deren Dach weitere Sitze und ein rundes Holzrad angebracht waren. Zu beiden Seiten der Kabine führten schmale Wege nach vorn, dort lief das Boot spitz zu. Runde Fenster im Rumpf zeigten, dass man sich wohl auch im Inneren aufhalten konnte. Aber nirgends gab es eine Spur von Linus. Alle lauschten, der dicke Erpel schwieg jedoch beharrlich.

Charlie hatte das Gefühl, gleich zu platzen. Sie waren so nah an Linus herangekommen und nun kamen sie nicht weiter. Doch da! Ein kurzer Quaklaut ertönte: »Hier ...«, dann verstummte er abrupt. Linus, ganz eindeutig, und er hatte aus dem Inneren des Bootes herausgerufen. Der Erpel musste im Rumpf gefangen sein.

Eilig koordinierte Eddie die Brigade neu. Treppenstufen führten mittschiffs nach unten, wo eine niedrige Tür die Kabine verschloss. Diese Tür stand nun im Mittelpunkt der enteligen Bemühungen, sie wurde umschnäbelt, abgetastet und angeflattert. Leider hatten die Enten mit Türen kaum Erfahrung, es gab ja keine im Ufergrün.

Charlie bebte vor Aufregung. Es ging Linus an den Kragen. Sein letzter Ruf war dermaßen kurz ausgefallen, dass er in arger Bedrängnis stecken musste. In ihrer Vorstellung sah sie den Erpel in den gierigen Händen von Klinkhammer, der mit einem gewetzten Messer ausholte. Die aufgerissenen Augen von Linus spiegelten sich im blanken Stahl ... Sie schüttelte ihre dramatischen Gedanken ab und konzentrierte sich auf das dringendste Problem: die Tür. Die Menschen pflegten durch diese Dinger hindurchzugehen, sie öffneten und schlossen sich dabei wie von Geisterhand.

Charlie fuhr auf. Nein, keine Geister-, sondern Menschenhand! Die Menschen drückten auf diesen länglichen Stab in der Mitte. Schnatternd teilte sie ihre Eingebung der Erpelschaft mit, worauf Hennes, Eddie und Magnus aufflatterten und gemeinschaftlich auf dem länglichen Ding landeten. Und siehe da – es gab nach, die Tür schwang mit leisem Knarzen nach innen auf und offenbarte ein schwarzes Rechteck. Begeistert quakten die Enten und scharten sich um die offene Tür. Linus war so gut wie gerettet.

In diesem Augenblick erstarrten sie. Ein Mensch nahte. Jemand hatte den Bootssteg betreten, knarrende Schritte und schnaufender Atem waren zu hören, eine gedrungene Silhouette zeichnete sich gegen den Uferbewuchs ab. Panik bemächtigte sich der Schar. Die Enten, als Fluchttiere scheu veranlagt, hasteten durcheinander und wussten weder ein noch aus. Das nach hinten gezogene Dach der Kabine überragte sie und verhinderte spontanes Auffliegen, der Weg zurück hätte sie direkt in die Arme des schnaufenden Menschen geführt. Da traf jemand, vielleicht Annegret, vielleicht Lilli, vielleicht sogar Eddie, eine rasche Entscheidung: Flatternd drängte sich ein Entenkörper ins Innere des Rumpfes, weg, nur weg von der bedrohlichen Silhouette am Steg. Dankbar für eine Fluchtrichtung und blindlings dem Herdentrieb folgend, kullerten, balgten und watschelten die übrigen Enten hinterher. Auch Charlie stürmte voran, doch da geschah es: Eine vorwitzige Daunenfeder entfleuchte einem Bürzel vor ihr und fand ihren Weg zielgenau in den

Schnabel der Jungente. Charlie gab einen würgenden Laut von sich und spuckte aus. Doch es war zu spät. Ihre Allergie schlug erbarmungslos zu, mit Gewalt zerriss Nieser um Nieser ihren Rachen. Sie torkelte unkontrolliert und wurde wie ein fedriger Knallfrosch von ihrem eigenen Rückstoß umhergeschleudert. Zwischen Schnappatmung und Schnabelexplosion schossen ihr Tränen in die Augen, bald schon wusste sie nicht mehr, wo oben und unten war. Nach einer Weile, die ihr unendlich lange vorkam, ließen die Attacken nach, sie blinzelte und versuchte, sich zu orientieren. Heißer Schreck durchfuhr sie. Ihre Niesanfälle hatten sie in das Heck des Bootes verschlagen, weit weg von Tür und Kabine.

Doch es war zu spät, um noch etwas zu unternehmen. Das Boot knarrte, eine schwere Gestalt stieg vom Steg auf das Deck. Blitzschnell reagierte Charlie und huschte unter eine der Sitzbänke, die um sie herum aufragten. Unsichtbar für den schnaufenden Menschen kauerte sie starr wie eine Statue und beobachtete, was geschah.

Ekkehard Klinkhammer schwang sich auf seine Jacht. Er hatte die Umgebung des Stegs im Auge behalten, bis er sicher war, dass sich keine Menschenseele herumtrieb, keine saufenden Jugendlichen, keine knutschenden Liebespaare. Niemand da, bloß irgendwelche blöden Enten.

Er duckte sich und stellte die Flasche, die er bei sich trug, auf dem Deck ab. Die offene Kabinentür stach ihm sofort ins Auge. Nanu, hatte er sie nach dem letzten Anlegen nicht zugezogen? Oder war sie durch die Schaukelbewegung des Bootes aufgegangen? Dass sie nicht abgeschlossen war, wusste er. Er schloss niemals ab. Zu Klauen gab es eh nichts, aber viel wichtiger war: Wenn etwas offen, unverschlossen und frei zugänglich war, vermutete niemand ein Geheimnis darin.

Er warf die Tür ins Schloss und fummelte den passenden Schlüssel hervor. Heute würde er sie absperren. Denn eine unverschlossene Tür wäre im Nachhinein ein Verdachtsmoment, das er beim besten Willen nicht brauchen konnte. Die ängstlichen Schnäbel, Augen und Federn, die im Inneren der Kabine die metallischen Geräusche verfolgten, nahm er nicht wahr.

Nun trat Klinkhammer ans Heck und löste eines der beiden Taue, mit denen die Jacht am Steg festgemacht war, dann stieg er über eine schmale Treppe auf das Oberdeck. Am Führerstand strich er wehmütig über das Teakholz des Steuerrades. Schade um das schöne Boot, aber was sein musste, musste eben sein. Entschlossen steckte er den Zündschlüssel ins Schloss und ließ den Motor an. Das dumpfe Tuckern war nicht allzu laut, jenseits der Anlegestelle würde es kaum zu hören sein. Das Steuerrad richtete er so aus, dass der Bug der Jacht zur Seemitte zeigte. Den Gaszughebel schob er behutsam nach vorn, bis eine leichte Vorwärtsbewegung spürbar wurde. Das verbleibende Tau, mit dem das Boot am Steg festgemacht war, knirschte, der Rumpf driftete im Zeitlupentempo zur Seite. Perfekt.

Klinkhammer eilte nach unten, öffnete die Flasche und stellte sie auf den Kopf. Benzin ergoss sich über die Planken an Deck. Er trug die gluckernde Flasche an der Kabine vorbei zum Bug und auf der anderen Seite wieder zurück.

»Tschüss, Probleme. Tschüss, Sorgen«, knurrte der Baulöwe und holte sein Feuerzeug hervor. Die kleine Flamme fand rasch Nahrung, fauchend wallte eine Lohe auf und ließ ihn zurückzucken.

»Aua, Mist!« Er sprang nach hinten auf den Steg und entfernte mit einem Ruck das letzte Tau. Die Jacht löste sich vom Steg und tuckerte in gemächlichem Tempo davon, ihr schwarzer Umriss bekam einen unheimlichen Anstrich durch die rot zuckenden Feuergarben, die wie böse Augen über das Wasser blinzelten.

»Hasta la vista, baby.« Klinkhammers Gesicht verzog sich zu einem gemeinen Grinsen, dann drehte er sich um und ging. Das brennende Boot war allein auf dem großen weiten See.

Wenn man in der Neukirchener Entenschar eine Umfrage durchführen und nach den Dingen fragen würde, die dem Federvieh Angst einflößten, so käme eine lange Liste zusammen – Sturm, starker Wellengang, krakeelende Kinder, bellende Hunde, Greifvögel, der Fuchs, französisches Weißbrot und seit Neuestem auch renitente Schwäne. An allererster Stelle jedoch würde ein Element stehen, das in den Tieren einen panischen Fluchtreflex auslöste: Feuer.

Dieses Feuer umwallte nun die Kabine als greller heißer Vorhang und fraß sich gierig an Streben und Balken entlang. Die prasselnden Flammen wurden vom Gequake der Enten übertönt, die wie Derwische umherflatterten.

»Luft! Luft!«, keuchte Gertrud. Dichter Qualm zog durch Ritzen und Fugen herein.

»Die Tür.« Eddie bemühte sich um einen klaren Kopf, wenngleich die Angst ihn fest in ihren Klauen hielt. »Wir müssen ... die Tür aufkriegen!« Mit dem Mut der Verzweiflung flatterte er gemeinsam mit

Magnus in die Höhe und ließ sich auf das längliche Metallding fallen, das die Tür vorhin geöffnet hatte. Es bewegte sich zwar, doch ansonsten passierte nichts. Wieder und wieder stürzten sich die beiden Erpel darauf, dass die Federn stoben, doch ohne Erfolg.

»Wir werden alle sterben«, japste Lilli. Diesmal widersprach ihr niemand. Die Flammen umschlossen die Kabine wie ein feuriger Gürtel, der beständig enger gezogen wurde, die Luft waberte vor Rauch. Auf der Flucht vor Hitze und Qualm tappten die Enten weiter nach hinten in die Kabine, ohne das unheimliche Flackern aus dem Blick zu lassen, das sich außen an den Fenstern abzeichnete. Als sie sich umdrehten, durchfuhr sie ein zweiter Schreck und ließ sie fast ohnmächtig werden: Große Menschenaugen starrten sie an, dermaßen weit aufgerissen, dass sich die Flammenfenster als unheimlicher Widerschein darin spiegelten.

Auf dem Deck der Jacht kämpfte Charlie ihre Panik nieder. Nachdem der dicke Mann das Boot verlassen hatte, war sie sofort zur Tür gewatschelt. Doch vergebens, sie kam nicht nahe genug heran, um etwas zu unternehmen, überall zischten Flammen hoch und schnappten gierig nach ihrem Bürzel.

Wie hypnotisiert starrte sie in die roten Reflexionen, die das Feuer auf die Seeoberfläche warf. Schwarzer Qualm zog in die Höhe, sie hörte das verzweifelte Quaken ihrer Mitenten. Was tun? Was tun?

Charlie realisierte, dass ihre entelige Möglichkeiten am Ende waren. Wenn jemand nun noch helfen konnte, dann waren es Menschen. Menschen hatten Boote und blaue Lichter, sie trugen Uniformen und Masken, sie brüllten Befehle und konnten in solchen Situationen etwas ausrichten.

Die Ente flatterte auf einen der Sitze und reckte den Kopf. Hatten sich vielleicht schon Leute am Ufer versammelt? War bereits Alarm geschlagen worden? Doch nein, die Promenade war nach wie vor leer. Die Menschen schliefen, keiner bemerkte das brennende Boot, das immer weiter in Richtung Seemitte tuckerte.

Charlies Gedanken wirbelten durcheinander. Sie musste die Menschen auf das aufmerksam machen, was gerade geschah. Jemand musste aufwachen, jemand musste zum Wasser schauen. Sie brauchte Krach, Lärm, ein Tohuwabohu. Mit fiebrigen Augen suchte sie das Ufer ab. Der Spielplatz … die anderen Boote … der Kiosk … das Bootshaus … der Imbiss … nichts, was nach lauten Geräuschen aussah. Doch da! Eben hatte Charlie etwas entdeckt, in Sekundenschnelle formte sich ein Plan in ihrem Kopf. Das war ihre einzige Chance.

Sie flatterte auf und ließ das brennende Boot hinter sich. Rasch stieg sie in die Höhe und spürte die kalte Nachtluft an ihren Federn. Bald schon lagen See und Promenade wie eine Spielzeuglandschaft unter ihr, das Boot flackerte als einsamer heller Punkt inmitten der schwarzen Wasserfläche. Sie kreiste, bis sie ihr Ziel ausgemacht hatte. Mit angelegten Flügeln nahm sie Geschwindigkeit auf und schoss wie eine Rakete nach unten, den Schnabel vorgereckt, die Beine angezogen. Schneller, immer schneller. Mit den Schwanzfedern korrigierte sie ihre Flugbahn um eine Winzigkeit, während der Boden in rasendem Tempo näherkam. Mit aller Macht widerstand Charlie dem Instinkt, die Flügel auszubreiten und den Sturz abzufangen, denn sie wusste: Geschwindigkeit und Masse waren ihre einzigen Trümpfe. Kurz vor dem Aufprall schloss sie die Augen und ließ ein markerschütterndes Quaken hören. Dann explodierte die Welt in ihrem Kopf.

Das Kürzel »EDW« bezeichnet ein optionales Ausstattungspaket beim E-Klasse-Modell von Mercedes und steht für Einbruch-Diebstahl-Warnanlage. Integriert sind hierbei ein Abschleppschutz und eine Innenraumabsicherung. Darüber hinaus reagiert das EDW-System auf Jungenten mit hoher Fallgeschwindigkeit, auch wenn dieses Detail in keinem Werbeprospekt ausdrücklich erwähnt wird.

Als Charlie auf dem Dach von Waldis E-Klasse einschlug und ihr der Aufprall die Luft aus den Lungen trieb, erwachte das Auto zum Leben und startete sein licht- und geräuschintensives Alarmprogramm. Das Hupen und Jaulen weckte Waldi in seiner Wohnung über dem Imbiss-Restaurant und scheuchte ihn vom Bett zum Fenster. Nach einem Blick auf den See war der blinkende Mercedes plötzlich unwichtig geworden. Dreißig Sekunden später gingen Notrufe bei der Neukirchener Polizei und der Feuerwehr ein, die ihrerseits die DLRG informierten. Nach einer Viertelstunde knatterte der Außenborder des DLRG-Bootes los und schob uniformierte Männer mit Atemschutzausrüstung und CO_2-Löschflaschen auf die brennende Jacht zu. Ein zweites, privates Boot machte vom Anleger los, auf ihm hatten sich Waldi und die Tollen Hechte versammelt, eine Handvoll besorgter Anwohner begleitete sie. In ihrer Mitte standen der Bürgermeister mit eilig übergeworfener Jacke, die Reporterin Vanessa Kreuzke samt Kamera und die Anwältin Christine Jansen. Alle starrten auf die Jacht, die sich inzwischen in eine Flammensäule verwandelt hatte.

Charlie bekam von alldem nichts mit. Erst allmählich war sie wieder bei Bewusstsein, sie realisierte, dass sie im Gebüsch neben Waldis Auto lag. Einen Augenblick lang fürchtete sie, ihr Plan habe nicht funktioniert, denn der Wagen schwieg und war dunkel. Erst ein vorsichtiger Blick um die Ecke zeigte ihr, dass schon längst Hilfe unterwegs war. Zwei Boote voller Menschen steuerten auf die brennende Jacht zu.

Sie atmete auf. Genau zum richtigen Zeitpunkt war ihre Erinnerung zurückgekommen. Vorhin auf dem Boot hatte sie sich an das Streitgespräch auf der Promenade erinnert, als Martin die Boje nach Klinkhammer geworfen hatte und das Plastikding schlussendlich auf Waldis Auto geprallt war. Ihre Idee, selbst zur Boje zu mutieren und dadurch das Auto als Menschenwecker zu verwenden, hatte funktioniert.

Behutsam schnäbelte sie sich ab. Obwohl ihr jeder Knochen wehtat und sie nur humpeln konnte, war nichts gebrochen. Probehalber flatterte sie auf. Aua! Mit zusammengebissenem Schnabel versuchte sie es noch einmal und nun blieb sie in der Luft. Eilig flog sie zur Seemitte, verhinderte zwei Beinahe-Abstürze und wasserte neben der Jacht, die, von Flammen eingehüllt, einen gespenstischen Anblick bot. Die Hitze war ungeheuerlich, das Brausen des Feuers dröhnte wie eine Orgel, und über alledem erklang das panische Schnattern der gefangenen Enten. Trotz aller Aufregung hörte Charlie genauer hin. War da nicht noch ein weiteres Geräusch? Andere Stimmen? Sie klangen wie ...

»Kinder. Da sind ja Kinder drin!« Bürgermeister Pallgraf machte hektische Zeichen zum DLRG-Boot, die Feuerwehr- und Rettungsleute hatten die kraftlosen Hilferufe aber auch schon gehört. Konzentriert steuerten sie auf die brennende Jacht zu und legten Atemmasken an. Zwei Feuerwehrmänner in Schutzkleidung sprangen auf das hintere Deck, das von Flammen eingeschlossen war. Einer drängte das Feuer mit fauchendem CO_2-Schaum zurück, der andere schwang eine Axt und zertrümmerte die Kabinentür. Die Kohlendioxid-Fontäne hielt den Flammenkranz um den Eingang ein paar Sekunden unter Kontrolle, und im Inneren der Kabine war eine Bewegung auszumachen.

Was nun folgte, wurde von allen, die dem Ereignis beiwohnten, noch wochenlang in den schillerndsten Farben erzählt. Die Türöffnung verwandelte sich in ein Kaleidoskop aus Federn, Schnäbeln und Flügeln, zahllose Enten kamen wie aus einem Taubenschlag herausgeschossen. Das lodernde Feuer im Hintergrund ließ sie zu schwarzen Silhouetten werden. In alle Richtungen stoben die Vögel davon und machten Platz für zwei dünne Gestalten, die hustend und schweißüberströmt im Eingang erschienen. Die roten Haare schwarz vom Ruß, die Gesichter bleich vor Todesangst, fielen Jakob und Lasse in die Arme der Feuerwehrmänner.

»Ich glaub, mich tritt ein Pferd«, war das Einzige, was Bürgermeister Pallgraf dazu einfiel.

Charlie drehte sich vor Freude wie ein Kreisel, während ihre Mitenten aus der Tür flatterten. Das Feuer war ihnen so nahe gekommen, dass einige Schwanzfedern bereits qualmten, und Charlie vermeinte ein Zischen zu vernehmen, als die angekokelte Schar nach und nach in den See plumpste.

»Wasser, Wasser«, jubelte Konstanze und wälzte sich einmal um die eigene Achse. Hennes hielt sich nicht mit großen Worten auf, sondern tauchte komplett unter. Auch die Übrigen bekamen gar nicht genug von dem kühlen Nass, sie gründelten, rotierten und tauchten, dass es nur so spritzte. Eine rasche Überprüfung ergab, dass bis auf Linus keine Ente fehlte und niemand eine ernstzunehmende Verletzung davongetragen hatte.

Dergestalt beruhigt wandte Charlie sich den Menschen zu, die die beiden Kinder inzwischen von dem brennenden Boot geholt und in Decken gehüllt hatten.

»Jakob! Lasse! Mein Gott, ist alles in Ordnung? Wo habt ihr bloß gesteckt? Bin ich froh, euch zu sehen.

Warum seid ihr denn weggerannt? Kommt erst mal her.«

Einer der Feuerwehrleute, der von Anfang an bei der Suche nach den Jungs dabei gewesen war, drückte die beiden an seine uniformierte Brust und kämpfte mit den Tränen. Den Buben ging es nicht besser, die überstandene Todesangst ließ sie Rotz und Wasser heulen. Doch in die Erleichterung mischte sich das Gefühl der übergroßen Schuld, die sie auf sich geladen hatten. Mit zitternder Unterlippe rang Jakob um Fassung.

Der Feuerwehrmann ging in die Knie und griff sanft das Kinn der beiden Brüder. »Männer, was glaubt ihr, was eure Eltern und wir uns für Sorgen gemacht haben! Was war denn bloß los mit euch?«

Jakob und Lasse wechselten einen Blick, dann schüttelten sie die Köpfe und bissen sich auf die Lippen. Noch immer sahen sie die schrecklichen Bilder vor sich … der blutende Mann, seine herabsinkende Hand, der aufragende Pfeil. Sie hatten jemanden umgebracht, und dieses Geheimnis würden sie hüten bis in alle Ewigkeit.

Die Enten waren inzwischen wieder auf Betriebstemperatur heruntergekühlt und versammelten sich. Gespannt hörten sie den Gesprächen zu und kommentierten sie quakend. Das waren also die beiden lange vermissten Menschenjungen. Sie hatten sich im Boot des dicken Klinkhammer verkrochen, wer hätte das gedacht.

Mitten in das Geschnatter hinein quiekte Lilli plötzlich auf. Etwas hatte sie unter Wasser am Bürzel berührt.

»Der Hai!« Panisch paddelte sie zur Seite und fing an zu hyperventilieren. Doch ihre Neugierde siegte, als das Wasser inmitten der Entenschar zu brodeln anfing. Auch die Menschen wurden aufmerksam und beugten sich nach vorn.

»Was …«, begann Waldi, da brachen auch schon zwei schwarze Gestalten wie Urwesen durch die Wasseroberfläche. Lilli ließ ein schrilles Quaken ertönen, doch Charlie sah sofort, dass es Taucher waren. Mit fahrigen Bewegungen zerrten die beiden ihre Masken von den Gesichtern.

»Herr Gregorius, Frau Klinkhammer«, rief der Bürgermeister überrascht.

Man hätte meinen sollen, dass die Taucher beim Anblick einer brennenden Jacht und zweier Boote voller Menschen ein zumindest mildes Erstaunen an den Tag legen würden. Doch die beiden stellten keine einzige Frage, sondern waren kalkweiß und schnappten nach Luft. Gregorius deutete nach unten in die Tiefe des Sees.

»Da … da liegt ein Auto. Mit einem Toten drin. Ein Toter in einem Geländewagen.«

Die Menschen in den Booten und die Enten im Wasser schauten sich perplex an.

Ein Auto? Ein Toter?

In diesem Augenblick verlor Jakob seine Beherrschung. Heulend warf er sich dem Feuerwehrmann in die Arme. »Wir … wir … wir haben ihn umgebracht. Wir haben ihn mit … mit einem Pfeil totgeschossen. Aus Versehen.«

Der Feuerwehrmann glaubte sich verhört zu haben. »Was?«

»Totgeschossen, mit dem Pfeil vom Duke.« Weinend schmiegte er sich an den Mann, der ihn hin und her wiegte und mit seinen Kollegen verwirrte Blicke tauschte. Schließlich holte Jakob Luft, wischte sich die Nase und blinzelte.

»Wir haben aber schon einen Anwalt. Eine Frau Anwalt.« Er zeigte auf Christine Jansen, die im zweiten Boot inmitten des zivilen Grüppchens stand und mit großen Augen zuhörte. »Sie hat schon Geld gekriegt, und sie kriegt noch mehr, und dann kann sie dem Richter sagen, dass es bloß ein Versehen war. Wie im Fernsehen.«

Alle schwiegen verblüfft. Jakobs Finger wanderte weiter und deutete auf den Bürgermeister. »Außerdem hat's noch jemand gesehen. Er da.«

Gerd Pallgraf wurde rot wie eine Tomate, was sogar im Feuerschein auffiel.

»Er hat im Busch gehockt, nackig, und er hat's gesehen. Es war ein Unfall, ganz ehrlich, ein Unfall.« Der Junge machte nicht gerade den Eindruck, als würde er lustige Flunkereien von sich geben. Mit zusammengezogenen Augenbrauen wandte sich der Feuerwehrmann an Pallgraf. »Gerd? Du, nackig im Busch? Was erzählt der Bub da?«

Der Bürgermeister winkte hastig ab. »Papperlapapp, der Kleine hat einen Schock, ganz klar. Was hätte ich denn nackt in irgendeinem Gestrüpp suchen wollen, bitte schön?«

»Das kann ich Ihnen sagen, Pallgraf!«

Alle fuhren herum. Die Reporterin Vanessa Kreuzke hatte ihre Stimme erhoben und trat einen Schritt vor.

»Sie haben sich dort mit Ihrer Geliebten getroffen und im Grünen ein feines Schäferstündchen abgehalten, habe ich recht?«

Des Bürgermeisters Antlitz entfärbte sich blitzschnell. Kreuzke wedelte mit ihrer Kamera und spießte den schnurrbärtigen Mann mit dem Zeigefinger auf. »Seit Wochen bin ich Ihnen nämlich schon auf der Spur, Pallgraf, und ich habe so viele Beweise gesammelt, dass die Bombe jetzt endlich platzen kann. Unser sauberer Bürgermeister – ein Fremdgeher und Ehebrecher. Diese Schlagzeile wird keiner hier in der Stadt je vergessen!« Ihr anklagender Zeigefinger schwenkte herum und zeigte auf Christine Jansen, die die Augen noch weiter aufriss und mit den Lippen ein unhörbares »O« formte.

»Und da ist ja auch Ihr Gspusi, die ehrenwerte Anwältin. Na, Frau Jansen, klappt doch prima, eine solche Affäre, oder? Man hat ja eh ständig miteinander zu tun wegen des ganzen Juristenkrams, da kann man schnell mal die Konferenztür hinter sich abschließen oder einen Termin auf die grüne Wiese verlegen.« Sie lachte ein gehässiges Lachen, ihr Zeigefinger wanderte weiter zu Waldi. »Waldi, hast du dich gewundert, wer in letzter Zeit ständig am Schloss von deinem Bootshaus herummacht? Ich bin's gewesen, denn von den oberen Fenstern hat man eine tolle Aussicht über die Promenade. Und übers Gebüsch. Und über das Südufer. Und, und, und. Eben über all die Plätze, an die sich ein verschwiegenes Liebespaar gerne mal zurückzieht.« Triumphierend hob sie ihre Kamera. »Mit einem Restlichtverstärker kriegt man grandiose Aufnahmen hin. Können Sie in der nächsten Wochenendausgabe bewundern, Pallgraf, gemeinsam mit einem mehrseitigen Artikel. Ihre Karriere ist zu Ende, Herr Bürgermeister. Und meine fängt an. Bei einer richtig großen Zeitung in einer richtig großen Stadt.« Sie verschränkte die Arme. Boshaftigkeit sprühte aus ihren Augen. Eine Sekunde lang herrschte Stille, außer dem Brausen des Feuers war nichts zu hören. Dann sackte Pallgraf in sich zusammen. Wie ein müder Bär trat er an Christine Jansen heran und nahm sie in den Arm.

»Ja. Ja, ist alles richtig. Haben Sie gut gemacht, Frau Kreuzke. Ich hoffe, Sie finden mit Ihrem journalistischen Bravourstück eine tolle Anstellung bei einem tollen Blatt und können noch viele, viele Leute unglücklich machen.« Er schaute Jansen auf eine Art an, die trotz der unpassenden Umgebung und der schlimmen Situation fast zärtlich wirkte. Dann hob er den Kopf. Ein leises Lächeln umspielte seine Lippen, während er sich an die beiden Jungen wandte, die unter ihren Decken klein und zerbrechlich aussahen. »Aber wenigsten euch kann ich eine ruhige Nacht bescheren, Jungs, ihr habt mit dem Mord nichts zu tun. Ein anderer, böser Mann hat vorher mit einer Pistole auf ihn geschossen, und euer Pfeil ist nur zufällig hinterhergeflogen. Ihr braucht keine Angst mehr zu haben, und ihr braucht auch nicht länger wegzulaufen.«

Auf den Gesichtern der Buben machte sich schiere Ungläubigkeit breit, die einem dermaßen breiten Lächeln wich, dass ihre Mundwinkel fast die Ohren berührten. Sie waren unschuldig! Der Pfeil des Dukes hatte gar keinem Menschen das Leben gekostet. Lasse holte Luft, um etwas zu sagen, als plötzlich eine Ente vernehmlich quakte.

Die Schar fuhr zusammen. Linus! Den hatten sie ja völlig vergessen. Doch was war das? Sein Quaken kam gar nicht aus dem brennenden Boot, sondern aus der Gruppe der Menschen.

Vor ihren staunenden Augen fummelte einer der beiden rothaarigen Buben einen Sprechkasten aus der Hose. Der Kasten rief immer wieder mit Linus'

Stimme die Sätze, die Charlie nun schon so oft gehört hatte: »Hier! Hierher zu mir! Los, los, los! Hier! Hierher zu mir!«

»Was ist denn das?«, fragte der Feuerwehrmann mit leichter Belustigung.

»Das ist das Handy von meinem Freund Nils«, berichtete Jakob und brachte den Kasten mit einem Knopfdruck zum Schweigen. Das Lächeln wollte gar nicht aus seinem Gesicht weichen, so erleichtert war er nach den Sätzen des Bürgermeisters. »Wir mussten ja irgendwie erfahren, wie es weitergeht und ob man den toten Mann findet und so. Deshalb hat Nils mir sein Handy geliehen und uns immer mal wieder angerufen. Und damit es nicht auffällt, wenn's klingelt, haben wir eine Ente aufgenommen und als Klingelton genutzt. Keiner denkt sich was dabei, wenn bei den Booten eine Ente quakt.« Er kicherte übermütig. »Das war ein ganz schöner Klops, hat geschnattert wie verrückt, als wir ihm Brot hingeworfen haben.«

Charlie fiel aus allen Wolken. Linus' Stimme, mit einem Sprechkasten aufgenommen? Kein Wunder, dass der dicke Erpel immer »Hier! Hierher zu mir! Los, los, los!« gerufen hatte. Er hatte die Jungen in der Entensprache aufgefordert, die dicksten Brotstücke in seine Richtung zu werfen.

In diesem Augenblick erklang ein geisterhafter Laut, ein hohles Seufzen, gefolgt von einem so tiefen Knarren, dass es kaum wahrzunehmen war. Im

Zeitlupentempo hob sich das Heck der Jacht in die Höhe, Luftfontänen schossen aus den Fenstern und rissen das Wasser hoch, dann begab sich das große Boot auf seine letzte Reise. Zischend erloschen die Flammen, weißer Dampf stieg auf, der Rumpf versank im See. Wie die Hand eines Ertrinkenden ragten Ruder und Schiffsschraube in die Luft, dann schloss sich das Wasser gurgelnd über der Jacht von Ekkehard Klinkhammer.

Zehn Minuten später erreichten die beiden Boote den Steg. Die Enten paddelten im Gefolge mit. Alle, Menschen und Tiere, waren erschöpft nach den Abenteuern der Nacht. Jakob und Lasse schliefen in ihren warmen Decken, der Bürgermeister tuschelte mit Christine Jansen, Vanessa Kreuzke stand wie eine Rachegöttin am Bug. Die zwei Taucher hockten schweigend auf einer Seite und wurden neidisch von den Tollen Hechten beäugt, während sich die Feuerwehrleute über die Wiederkehr der beiden Jungen freuten. Nur Waldi war merkwürdig still und machte keine Anstalten, beim Vertäuen der Boote zu helfen. Kaum war der erste Knoten geknüpft, stand die Anwältin auch schon auf und ging weinend davon. Pallgraf schaute ihr bedrückt nach, besann sich dann aber auf seine Bürgermeisterpflichten und blieb. Zwei Sanitäter standen bereit, sie weckten die Jungen und brachten sie zu einem am Bootshaus wartenden Krankenwagen.

»Jetzt würde mich bloß noch interessieren, wieso Klinkhammers Boot eigentlich in Brand geraten und auf den See getrieben ist.« Einer der DLRG-Leute deutete auf den leeren Platz am Anlieger. »Wenn ich raten dürfte, dann ...«

Er durfte aber nicht raten, denn in dieser Sekunde drang ein klagender Laut aus dem Gebüsch. Es klang wie ein waidwundes Tier, gefolgt von einer strengen Frauenstimme:

»Na komm, Fettklops, stell dich nicht so an! Jetzt kannst du den Leuten schön etwas erzählen!«

Vor erstaunten Menschen- und Entenaugen trat ein merkwürdiges Gespann aus den Büschen. Karla Asmus trug in ihrer Hand das Pfefferspray, das sie Charlie vor einigen Tagen am Kiosk präsentiert hatte. Mit der anderen hielt sie Ekkehard Klinkhammer am Kragen gepackt. Der Baulöwe ging gebückt, er hielt die Arme vors Gesicht, Tränen tropften vom Kinn, ein Stöhnen entrang sich seiner Brust. Auf eine groteske Weise erinnerte er an eine dicke, trauernde Unke.

»Den Knaben habe ich im Gebüsch gefunden, als ich wegen Waldis hupendem Auto rausgegangen bin«, berichtete Karla und gab Klinkhammer einen unsanften Stoß. »Mit glänzenden Augen hat er dem brennenden Kahn nachgeglotzt, und als ich wissen wollte, was er da macht, ist er pampig geworden. Zum Glück war ich vorher beim Kiosk und hatte meinen kleinen Freund geholt.« Bedeutungsvoll hob sie die Spraydose. »Na, und seitdem ist er am Heulen.«

»Du Mistkerl! Du verdammter Mistkerl!« Chantal Klinkhammer fuhr hoch, ihre Lebensgeister erwachten schlagartig. »Du steckst hinter alldem.«

»Halt ... halt dein Maul, du blödes Weib!«, krächzte Klinkhammer. Er nahm den Arm vom Gesicht und blinzelte aus rot geränderten, tränenden Augen. Zusammen mit seinem grün und blau geschlagenen Gesicht hätte er in einem Horrorfilm mitspielen können, ohne in die Maske zu müssen. Erschrocken nahm er wahr, dass sich offensichtlich die halbe Stadt am Ufer versammelt hatte.

»O nein, ich halte mein Maul nicht. Diesmal nicht, diesmal bist du einen Schritt zu weit gegangen.« Chantal spuckte Gift und Galle. »Der Tote auf dem Seegrund, der geht auf dein Konto, das ist mir mehr als klar. Ich kenne deine krummen Geschäfte, ich kenne sie schon lange genug.« Entschlossen drehte sie sich zu den anderen um. »Seit ein paar Jahren wäscht Ekkehard nämlich Geld. Nicht nur ein paar Euro, sondern viele, viele Hunderttausend. Bei seinen Baugeschäften klappt das ganz prima, da fließen ständig große Summen hin und her, stimmt's, du Ratte?«

Klinkhammer machte eine ungestüme Bewegung in ihre Richtung, doch Karla packte ihn fester und hob drohend das Pfefferspray. Unbeeindruckt fuhr Chantal fort: »Die Sache läuft immer gleich ab. Ein

Kurier kommt, bringt die Kohle und nimmt das gewaschene Geld vom letzten Auftrag wieder mit – abzüglich Ekkehards Provision, und die ist üppig.«

Die Menschen und die Enten hingen an ihren Lippen. Charlie reckte den Kopf. Nun erfuhren sie endlich das Geheimnis des Sees!

Chantal warf ihrem Mann einen hasserfüllten Blick zu. Sie war entschlossen, reinen Tisch zu machen. »Weil er aber keiner Menschenseele traut, sichert er sich ab. Er führt sorgfältig Buch über alles, über jedes Geschäft, über jeden Namen, über jede Firma, die beteiligt ist. Und seine Provision, das Bargeld, das gibt er auch nicht komplett aus. O nein, ein Teil davon wird aufgehoben, als Notgroschen sozusagen. Aber wohin damit? Da hat mein schlauer Mann eine Idee: Er kauft sich Panzerkoffer, superstabil und wasserdicht. Alle paar Monate packt er dann seine Aufzeichnungen und die Notgroschen in ein solches Ding, fährt mit seiner tollen Jacht auf den See hinaus und versenkt den Koffer. Immer wieder an derselben Stelle, mit GPS ist das kein Problem. Im Laufe der Zeit sammelt sich dort unten ein wahrer Schatz an. Ein Dutzend Koffer, viel Geld, aber auch viel verräterisches Material. Todsicher und unauffindbar. Und wenn er sie eines Tages tatsächlich brauchen sollte? Kein Problem, mit einem guten Taucher sind die Sachen in einer einzigen Nacht-und-Nebel-Aktion zu bergen – vorausgesetzt, man weiß, wo sie liegen.« Sie wechselte einen Blick mit Gregorius, und Charlie verstand. Die nachmittägliche Tauchaktion des Mannes vor einigen Tagen war wohl ein vergeblicher Versuch gewesen, das Versteck auf dem Seegrund zu finden. Die Menschen schauten sich ungläubig an. Ekkehard Klinkhammer hatte illegales Geld und brisante Unterlagen im See versteckt?

»Aber dann läuft irgendetwas schief«, fuhr Chantal bissig fort. »Jemand kommt dir auf die Schliche, oder du kriegst Krach mit der Bande oder was auch immer. Jedenfalls gibt es Ärger, und du knallst einen ab. Und den haben wir eben gerade da unten liegen sehen.« Sie schauderte beim Gedanken an den zurückliegenden Tauchgang.

Der Bürgermeister schüttelte unmerklich den Kopf. Dieser Teil von Chantals Geschichte konnte nicht stimmen, denn der Mörder war definitiv nicht Klinkhammer gewesen.

Da fing der Baulöwe an zu lachen. Es war ein gehässiges Lachen, das durch seine verquollenen Augen geradezu dämonische Züge annahm.

»Schöne Geschichte, Weib, hast du dir toll zusammengesoffen.« Er blinzelte angestrengt und warf einen herausfordernden Blick in die Runde. »Los, sucht doch. Sucht den ganzen Seegrund ab, und wenn ihr irgendwas findet, das auch nur einen Hauch dieser wilden Story beweist, dann könnt ihr mich wegsperren. Na los, schickt Taucher runter, sucht doch!«

Seine Selbstsicherheit verblüffte die Menschen. Hatte Chantal diese Geschichte tatsächlich nur erfunden, um ihren Mann in Verruf zu bringen?

Da trat Waldi einen Schritt vor. Er strich nervös über seine Glatze und kämpfte mit sich selbst, dann gab er sich einen Ruck. »Also, hm, ich … ich muss auch was dazu sagen. Die Sache stimmt im Großen und Ganzen, aber nicht im Detail. Ich … eh, ich stecke da nämlich in gewisser Weise mit drin. Wir haben gemeinsame Sache gemacht.«

»Halt dein Maul, verdammt noch mal!«, zischte Klinkhammer. Sein großspuriges Gehabe war wie weggewischt. »Willst du in den Knast wandern oder was?«

Doch Waldi schüttelte den Kopf. »Vergiss es. Solange es um Geld ging, war alles im Lot. Aber dann stehen auf einmal irgendwelche Knochenbrecher vor deiner Tür, und jetzt liegt sogar ein Toter auf dem Seegrund. Das wird mir zu viel, ich will noch eine Weile leben und nicht auch im Wasser vermodern.«

Klinkhammer biss die Zähne zusammen.

Waldi atmete einmal tief durch, dann fuhr er fort: »Alles, was Chantal erzählt hat, stimmt. Die Geldwäsche, die Provision, Ekkehards Buchführung, die Sache mit den Panzerkoffern. Alles, bis auf eine Kleinigkeit. Wenn sich nämlich jemand die Mühe machen würde, die Koffer auf dem Grund zu suchen und zu bergen, würde er blöd schauen. Die sind nämlich bis auf ein paar Backsteine leer.«

Charlie sah, wie bei diesen Worten die Gesichter von Chantal und Gregorius zu ungläubigen Masken wurden. Sie verstand: Die beiden hatten viel Zeit und Energie auf die Suche nach leeren Koffern verwendet.

»Die Beweise für die krummen Geschäfte und das Bargeld, die waren niemals in den Koffern«, nahm Waldi den Faden wieder auf. »Die sind in Ekkehards Jacht versteckt gewesen. Das ist nämlich der Grund, weshalb wir beide überhaupt ins Geschäft gekommen sind.« Er machte eine vage Bewegung in Richtung des Bootshauses. »Ich hab schließlich Jahr für Jahr sein Boot aus dem Wasser gehievt und gewartet, und irgendwann kam er mit einem seltsamen Auftrag. Er bräuchte eine Art Geheimversteck im Rumpf, einen verborgenen Ablageplatz. Nach einigem Hin und Her hat er mir von seinen Geschäften erzählt und mir eine Beteiligung angeboten, wenn ich die Sache mit dem Umbau übernehmen und dafür sorgen würde, dass außer mir kein Mensch Hand an die Jacht legt.« Er zuckte mit den Schultern und senkte den Kopf. »Bei so viel Geld und so wenig Risiko konnte ich einfach nicht widerstehen.«

Karla schlug die Hände vor den Mund. »Waldi!«, flüsterte sie und schaute ihren Bruder ungläubig an. »Du … du hast krumme Dinger gedreht? Mit dem Klinkhammer, diesem Sausack?«

Waldi nickte stumm, die Enten waren empört. Waldi, der zum See gehörte wie Wind und Wellen, hatte Geschäfte mit dem dicken Klinkhammer-Menschen gemacht. Sie schnatterten missbilligend. Charlie reimte sich zusammen, dass es dann wohl auch Waldi gewesen sein musste, mit dem Klinkhammer damals auf der Terrasse per Sprechkasten diskutiert hatte.

»Dann ist Ekkehard aber zu gierig geworden und hat angefangen, mit einem der Geldkuriere gemeinsame Sache zu machen. Sie haben große Beträge abgezweigt und versucht, das Ganze zu verschleiern. Ist aber aufgeflogen, irgendwann. Der Kopf der Geldwäscherbande ist ein gewisser Vitali. Den hat zwar keiner von uns je gesehen, aber es ist wohl nicht besonders gut Kirschen essen mit ihm.«

Pallgraf schob den Unterkiefer vor. Vitali, dieser Name war gefallen, als die beiden Männer im Wald miteinander geredet hatten. Er hörte die heisere Stimme wieder: »*Vitali hat dir vertraut. Er hat geglaubt, du wärst sein Freund. Und nun?*«

Waldi machte eine Handbewegung, die alles und nichts heißen konnte. »Na ja, den Kurier haben wir nie wiedergesehen. Ich vermute mal, dass er der unbekannte Tote ist. Ekkehard ist der Bande aber zu wichtig, schließlich wäscht er riesige Summen und hält das Geschäft am Laufen. Also beschränkt Vitali sich darauf, ein paar Schläger vorbeizuschicken und ihn in die Mangel zu nehmen. Ein Denkzettel, sozusagen.«

Zum ersten Mal meldete Kai Gregorius sich zu Wort. In seinem Taucheranzug sah er aus wie ein Besucher von einem anderen Stern. »Na, kein Wunder, dass er die Schuld Martin Friese in die Schuhe geschoben hat. Der gab schließlich einen perfekten Sündenbock ab.«

»Ganz genau. Ekkehard wird die Sache jetzt aber zu heiß. Er ahnt, dass die Geschäfte nicht mehr lange gutgehen werden, und zieht die Notbremse. Vitali kann er weismachen, dass seine Baugeschäfte eingebrochen sind und er finanziell erst mal auf dem Trockenen sitzt. Aber er hat ja noch das Geld und die Listen. Ihm ist klar: Was ursprünglich als Versicherung gedacht war, kann sich ganz schnell gegen ihn wenden. Vergiss das Geld, denkt er sich, besser die Notgroschen opfern, als in den Knast zu gehen. Die Frage ist: Wie kann er die Papiere und das verräterische Bargeld ein für alle Mal vernichten? Ganz klar, mit einem hübschen Feuerchen, das seine Jacht abfackelt. Und alles, was darin aufbewahrt ist.«

Alle schwiegen. Nach einer Weile wurde die Stille von leisem Plätschern unterbrochen. Die Enten wasserten, sie hatten genug von dem Menschengerede und sehnten sich nach ihrem Schlafplatz. Nur Charlie blieb. Im Kopf der Jungente drehten sich all die Neuigkeiten, die sie gerade gehört hatte. Doch es blieb keine Zeit, länger darüber nachzudenken, denn nun straffte Ekkehard Klinkhammer seine Schultern und machte sich mit einer unwirschen Handbewegung von Karla los. Er hatte den Schock über Waldis Beichte verdaut, seine geröteten Augen glitzerten bereits wieder verschlagen.

»Schön, ich denke, wir haben heute Nacht genug Märchen gehört. Was Asmus da erzählt, kann er demnächst ja mal zum Sandmännchen schicken, die sind immer für solche Geschichten zu haben. Mein Boot ist purem Vandalismus zum Opfer gefallen, wahrscheinlich steckt dieser Öko-Panscher Friese dahinter. Die hinterhältige Prügelattacke war ja eine prima Gelegenheit für seine Kumpane, die Bootsschlüssel aus meinem Haus zu klauen.« Er warf einen herausfordernden Blick in die Runde. »Nachdem es hier also außer wilden Verdächtigungen ohne jeden Beweis nichts gegeben hat, werde ich gemütlich nach Hause gehen. Ach ja, übrigens …«, er drehte sich zu Karla um und verbeugte sich spöttisch, »am Montag reichen meine Anwälte Klage ein wegen vorsätzlicher Körperverletzung. Das wird eine teure Nacht für Sie, Gnädigste.« Er drehte sich um und stolzierte in aller Seelenruhe davon. Charlie schaute ihm nach. Sie hatte verstanden, dass der dicke Mann viel Geld und irgendetwas Wichtiges in seinem Boot versteckt hatte. Weil das Boot jetzt aber verbrannt und gesunken war, konnten ihm die anderen Menschen nichts beweisen.

Die verbliebenen Leute waren wohl zu demselben Ergebnis gekommen. Sie redeten leise und schüttelten die Köpfe, ihre Stimmen klangen verbittert, es gab keine frohen Gesichter. Waldi war in sich zusammengesunken, Karla weinte sogar. Charlie hätte sie gerne mit einer Brezel getröstet, aber sie ahnte, dass es in der Menschenwelt Kummer gab, der sich nicht mit einem Stück Backwerk vertreiben ließ. Bedrückt wasserte sie und paddelte zum Schlafplatz.

Sonntags erscheint eine grüne Kiste, Schmetterlinge reiben ihre Flügel, eine Prozession fällt auf die Knie, ein Ball landet und eine Ankündigung macht die Enten glücklich.

Am nächsten Tag blieb das Imbiss-Restaurant geschlossen. Karla allerdings stemmte ungeachtet ihres verheulten Gesichts zur üblichen Stunde die Kiosk-Abdeckung nach oben, zündete sich eine Zigarette an und nahm ihren Platz hinter dem Tresen ein. Den ganzen Morgen über kamen Leute vorbei und redeten mit ihr, manche nahmen sie sogar in den Arm.

Charlie wartete geduldig. Sie war allein, ihre Mitenten waren schrecklich unausgeschlafen und drückten sich missgelaunt im Uferwasser herum. Charlies Kopf brummte, und ihre Knochen taten weh von der gestrigen Bruchlandung auf dem Autodach. Trotzdem watschelte sie los, als die letzten Leute endlich davongingen.

»Na, Kleines, da bist du ja. Ich hab schon gedacht, du hättest mich vergessen, bei alldem, was gestern passiert ist«, begrüßte Karla sie.

Charlie schaute pikiert. Sie war eine Ente, und Enten vergaßen nichts. Nun ja, fast nichts. Karla griff zum Gebäckvorrat.

»Weißt du was: Mein Bruder hat sich zwar als Sauhund entpuppt, aber davon lassen wir uns unsere Brezelparade nicht verderben. Stimmt's?«

Beeindruckt schnäbelte Charlie einen Bissen weg. Backwerk schien in der Menschenwelt doch einen höheren Stellenwert zu genießen, als sie gedacht hatte.

Karla vollführte eine allumfassende Handbewegung. »Sodom und Gomorrha, sag ich dir. Was die Leute mir heute früh schon alles erzählt haben ... Das reinste Tollhaus, diese Stadt. Der Bürgermeister und seine Affäre haben gebeichtet, was im Wald passiert ist. Auf die beiden wartet jetzt eine saftige Anzeige wegen Strafvereitelung. Geht ja auch nicht, dass man bei einem Mord zuschaut, das Maul nicht aufmacht und dann noch den Toten samt Auto ins Wasser rollt. Aber wenigstens wissen wir jetzt, warum die beiden über Nacht die Seiten gewechselt und Klinkhammers Bauvorhaben statt Frieses Öko-Projekt unterstützt haben: Sie hatten Schiss, dass bei irgendwelchen wissenschaftlichen Untersuchungen das versunkene Auto entdeckt wird. Also hat Pallgraf flugs eine vorläufige Baugenehmigung ausgestellt, und Jansen konnte urplötzlich keine juristischen Gründe mehr finden, dagegen anzugehen. Und der Friese hat blöd geglotzt, weil er sich auf einmal verraten und verkauft vorkam.« Sie seufzte. »Wenigstens die beiden Buben sind gesund und munter zurück, das ist das einzig Positive an der ganzen Chose. Und ich muss schon sagen, die zwei sind mit allen Wassern gewaschen: Fädeln kaltschnäuzig diesen Berlin-Schwindel ein, laufen dann heimlich an den See zurück und verkriechen sich in Klinkhammers Angeberboot. Die wussten ganz genau, dass sie da ihre Ruhe haben, weil das Ding eh die meiste Zeit ungenutzt am Steg rumgelegen hat.«

Sie zog an ihrer Zigarette. Das Rauchwerk interessierte sie heute mehr als die Brezel, was Charlie nur recht sein konnte. Geschickt fing die Ente einen Bissen im Flug.

»Na, und unser hübsches Pärchen Gregorius und Miss Klinkhammer, da hört man inzwischen auch so allerlei. Für die gemeinsame rosige Zukunft wollten sie den dicken Klinkhammer ordentlich schröpfen und sind ihm natürlich voll auf den Leim gegangen. Die beiden haben fest daran geglaubt, dass das ganze Geld in den versenkten Koffern steckt.« Sie schnaufte halb belustigt, halb abfällig. »Nachdem sie's mit irgendwelchen Erkundungstauchgängen versucht haben, ist Gregorius auf eine bessere Idee gekommen. Warum die Arbeit selbst machen, hat er sich gedacht, wenn sie jemand anderes erledigen kann? Von dem Augenblick an hat er den Friese unterstützt und auf ihn eingeredet, diese Sonaruntersuchung zu machen. Denn dabei wären die versunkenen Koffer sofort aufgefallen, und er hätte endlich gewusst, wo sie liegen.«

Charlie erinnerte sich an das Gespräch zwischen den beiden am Ufer. Richtig, Gregorius hatte Martin Unterstützung versprochen und ihn über dieses merkwürdige Drahtgitter ausgefragt, mit dem man den Seegrund sichtbar machen konnte.

»Dann hat sich Friese aber mit seinen inszenierten Öko-Katastrophen ins Aus geschossen. Also hat Gregorius Plan B gestartet, mit dem er vorher schon herumexperimentiert hatte. Er hat nämlich, und jetzt halt dich fest, übers Internet von irgendeinem durchgeknallten Bastler eine ferngelenkte Ente bestellt, mit einem Metalldetektor und GPS-Sender drin. Ist das nicht meschugge?«

Das war tatsächlich das Verrückteste, was Charlie je gehört hatte. Die künstliche Ente war von einem Menschen gesteuert worden, und ihr einziger Daseinszweck hatte darin bestanden, Metall zu finden? Sie war so perplex, dass ein Brezelbissen glatt an ihr vorbeiflog.

»Natürlich wurde kein Mensch stutzig bei einer Ente, die ihre Runden auf dem See dreht. Und irgendwann hat das Ding dann tatsächlich Metall gefunden. Prima so weit.« Karla lachte freudlos. »Nur dass es leider nicht die Koffer waren, sondern das Auto mit dem Toten. Dann sind die beiden voller Erwartung tauchen gegangen und haben auf einmal in eine Leichenfratze geglotzt. Nicht ganz so schön, gell, Kleines? Na, jedenfalls wissen wir jetzt auch, warum Pallgraf und Gregorius im Dreieck gesprungen sind, als die Taucher vom Katastrophenschutz ins Wasser gehen wollten: Der eine hat gefürchtet, dass sie über das Auto mit der Leiche stolpern, der andere hatte Angst um die Panzerkoffer.«

Leiser sprach sie weiter. »Und Waldi ist natürlich ganz cool geblieben. Klar, von dem Auto hatte er keine Ahnung, und die Koffer waren ihm egal, er wusste ja, dass nichts Wertvolles drinsteckt.«

Während Charlie noch immer über die unfassbare Dimension einer menschengelenkten Ente sinnierte und sich das System umgekehrt vorstellte, beugte Karla sich nach vorn.

»Ach nee, schau mal. Da ziehen sie gerade das Auto raus.«

Die Ente blickte zum Ostufer. Tatsächlich, rotweiße Bänder flatterten, ein großes, gelbes Gefährt hatte sich durch das Ufergrün bis ans Wasser bewegt, Männer mit Mützen standen darum, im See gründelten Taucher. Das gelbe Fahrzeug röhrte und zog eine Kette aus dem Wasser, an der etwas Großes befestigt war. Allmählich wurden die Umrisse klarer, es war eine grüne Kiste, nein, ein Auto. Aus Charlies Sicht wirkte die Kombination unpassend. Diese Blechkisten gehörten auf die Straße, nicht in den See.

In diesem Augenblick fielen ihr die Worte ein, die der General vor einigen Tagen angesichts des grün gefärbten Wassers gemurmelt hatte: »Grünes Wasser, grüne Kiste. Fremde Ente, fremder Mann.« Sie starrte auf das Auto, das im Zeitlupentempo hochgehoben wurde und aus dem das Wasser in Sturzbächen herauslief. Der greise Erpel hatte nicht nur die mechanische Ente gesehen, sondern auch das Auto und den toten Mann darin. Während einer seiner einsamen nächtlichen Runden musste der General unabsichtlich Zeuge geworden sein, wie der Bürgermeister und die schwarzhaarige Frau das Auto in den See geschoben hatten.

Sie verzog den Schnabel. Schade, dass der alte Erpel in Rätseln sprach. Seine Beobachtungen hätten einige Geheimnisse des Sees auf einen Schlag gelöst.

Währenddessen hatte Karla wie jeden Tag angefangen, das Geld in ihrer Kasse zu zählen und zusammenzupacken. »Tja, Kleines, jetzt siehst du mal, wie's läuft im Leben. Da hinten holen sie einen Toten aus dem Wasser, aber der Klinkhammer, der bis über beide Ohren in der Sache drinsteckt, kommt ungeschoren davon.« Sie ließ die Scheine rascheln und schüttelte den Kopf. »Nichts kann man ihm beweisen, rein gar nichts.«

Doch Charlie hörte ihr nicht zu, sondern lauschte voller Konzentration dem Geräusch des Geldzählens. Ihre Gedanken rasten zurück zum General. Er hatte nämlich noch mehr gesagt, sein letzter Satz glühte förmlich in ihrem Kopf: »Bunte Raschelsachen. Keine gute Nacht, nie mehr.«

Abrupt drehte Charlie sich um und watschelte in Richtung Schlafplatz, so schnell ihre Schwimmfüße sie trugen.

»Hey, Kleines, keine Lust mehr auf Brezel?«, rief Karla ihr nach, doch Charlie war viel zu aufgeregt. »Bunte Raschelsachen« – damit musste der General Geldscheine gemeint haben. Bunte Geldscheine, die genauso raschelten, wie es Karlas Scheine eben getan hatten. Und wenn der Erpel »keine gute

Nacht« mehr hatte, konnte das nur bedeuten, dass das Geraschel dieser Geldscheine ihn beim Schlafen störte.

Der General pflegte sich abseits der Entenschar zur Ruhe zu begeben. Charlie wusste, dass er ein ruhiges, ufernahes Gebüsch in der Nähe des Spielplatzes bevorzugte. Dorthin hastete sie und duckte sich unter die niedrigen Zweige. Die übrige Schar kam näher, quakte neugierig und wähnte die Jungente auf Essenssuche. Unter dem Buschwerk lagen Blätter, Zweige und allerlei Menschenabfälle … doch da! Inmitten eines Strauches entdeckte Charlie, halb unter der Erde verborgen, eine schmale, braune Tasche. Behutsam bog sie den Deckel nach oben. Bunte Geldscheine. Mehr, als sie je bei Karla gesehen hatte, viel, viel mehr. Die farbigen Papiere lagen dicht an dicht und sahen aus wie Schmetterlinge, die ihre Flügel aneinander rieben.

»Was hast'n gefunden?« Hennes schob sich hungrig heran, doch Charlie ignorierte ihn. Sie schnappte einen Schnabel voll Scheine und eilte zurück zur Promenade. Es war sonnenklar, dass dermaßen viel Menschengeld etwas mit dem dicken Klinkhammer und seinem verbrannten Boot zu tun haben musste.

Es dauerte keine zwei Minuten, bis sie Karla die Scheine vor den Kiosk gelegt hatte, und halb so lang, bis die Frau ihr zum Gebüsch nachgelaufen war. Ihre Augen wurden groß angesichts der Schmetterlingstasche.

»Na, das nenne ich doch mal ein gefundenes Fressen für den Staatsanwalt«, murmelte sie und tastete nach ihrem Sprechkasten.

Ungeduldig standen Karla und Charlie auf der Promenade. Lange passierte gar nichts, doch dann ging es Schlag auf Schlag: Zuerst erschien der Bürgermeister, danach drei fremde Männer mit ernsten Mienen. Es folgten die beiden rothaarigen Jungen gemeinsam mit ihren ebenfalls rothaarigen Eltern, zum Schluss kamen zwei Mützenträger, die den dicken Klinkhammer zwischen sich festhielten. Charlie war begeistert, dass ihr Fund in der Menschenwelt auf dermaßen reges Interesse stieß.

Karla empfing die Gruppe, Klinkhammer zeterte, alle eilten zum Spielplatz. Die Entenschar war noch immer dort und flatterte erschrocken zur Seite, die gesamte Prozession fiel vor dem Busch auf die Knie. Einer der fremden Männer zog die Tasche hervor. Charlie watschelte dicht an Karla heran, um ja kein Wort zu verpassen.

»Tatsächlich, Bargeld. Große Scheine«, stellte der Mann fest und hielt die offene Tasche seinen Kollegen und dem Bürgermeister hin. Pallgraf verschränkte die Arme, setzte ein strenges Gesicht auf und wandte sich an die zwei Jungen. »Jakob, Lasse, habt ihr uns dazu etwas zu erzählen?«

Die beiden schauten sich an, als wollten sie ihre Chancen ausloten, sich herauszureden. Schließlich stülpte Lasse trotzig die Unterlippe vor. »Na ja, uns war total langweilig da unten in dem blöden Boot, und irgendwann haben wir angefangen, uns alles ganz genau anzugucken, und dann sind da so doppelte Bretter gewesen, also, Bretter mit etwas dahinter, ganz unten im Boot.«

Sein großer Bruder fuhr fort: »Und da war Geld dahinter, ganz viel, und deshalb haben wir uns überlegt, damit einen echten Anwalt zu bezahlen. Wie im Film.«

»Und weiter?«, drängte der Bürgermeister, als nichts mehr kam.

»Ja, dann, also«, fuhr Jakob zögerlich fort, »dann haben wir uns gedacht, vielleicht müssen wir ja abhauen aus dem Boot oder so, und damit auf jeden Fall genug Geld für den Anwalt da ist, haben wir nachts ein bisschen was hier unter den Büschen versteckt. Aber echt nur ein bisschen, alles andere haben wir im Boot gelassen.«

»Soso. Und warum habt ihr uns oder euren Eltern nichts davon erzählt, jetzt, wo ihr ja gar keinen Anwalt mehr braucht?«

Erneut wechselten die beiden Buben einen Blick, antworteten diesmal aber deutlich kleinlauter.

»N… na ja«, lispelte Lasse, »wir … wir wollten's als geheimen Vorrat hierlassen. Als … als Taschengeld.«

Die Eltern der Jungen holten bereits Luft für eine Schimpfkanonade, doch der fremde Mann hob die Tasche. »Und die? Wo habt ihr die her?«

»Lag auch da unten im Boot versteckt. Haben wir einfach genommen und vollgestopft.«

Er fing an, die Tasche zu untersuchen. Charlie hatte das Gefühl, die Luft würde knistern, so angespannt war die Situation. Auch die anderen Enten kamen näher, denn Karla hatte immerhin von etwas zu fressen für den Staatsanwalt gesprochen. Was es wohl sein mochte? Brot? Gebäck? Kekse? Und ob dieser Staatsanwalt den Enten etwas übrig lassen würde? Der Mann zog einen Reißverschluss auf, es kamen aber keine Kekse zum Vorschein, sondern Papiere. Weiße Blätter mit Menschenzeichen darauf.

»Volltreffer«, murmelte er, wenngleich die Schar ganz und gar nicht seiner Meinung war.

In diesem Augenblick brüllte Klinkhammer los. »Das ist Betrug! Das hat mir jemand untergeschoben.« Er schwitzte, die Adern an seinem Hals waren sichtbar. »Das beweist gar nichts.«

Der Mann blätterte seelenruhig einige der Papiere durch. Dann knipste er ein gefährliches Lächeln an und hielt sie in die Höhe. »Na, da wird die Anklage sicherlich anderer Meinung sein, Herr Klinkhammer. Ich muss schon sagen, Ihre Buchführung ist mehr als vorbildlich – und mehr als belastend.«

Klinkhammer polterte los, doch er wurde leiser, sobald ihm die beiden Mützenträger metallene Ringe um die Arme legten.

»Sieht so aus, als hätte die ganze Sache eine unerwartete Wendung genommen«, brummte der

Bürgermeister und machte einen überaus zufriedenen Eindruck. Man besprach sich, klopfte den beiden Jungen auf die Schultern und begab sich auf den Weg zurück in Richtung Stadt. Klinkhammer musste gestützt werden, er sah aus wie ein angestochener Ballon und hatte eine graue Farbe angenommen.

Karla schaute der Gruppe hinterher, während sich die Schar um sie und Charlie versammelte. »Na, das nenne ich doch mal eine saubere Sache! Dafür müssten die beiden Buben mal mindestens das Bundesverdienstkreuz kriegen, wenn's nach mir ginge. Da versenkt er sein komplettes Boot, und die Sache, um die's wirklich geht, liegt fünfzig Meter weiter im Gebüsch.«

Klinkhammer drehte sich in der Ferne nochmals um, sie riss die Faust hoch und zeigte ihm den gestreckten Mittelfinger.

»Jetzt geht's in den Bau, du fettes Aas, und da drin wirst du verschimmeln. Den Waldi in irgendwelche Geschäfte reinziehen, und dann selbst so tun, als …« Sie zeterte weiter.

Derweil wurde Charlie von dem irritierenden Gefühl befallen, ihre Sinne würden sie narren. Schon wieder hörte sie die Stimme von Linus. Sie schaute die anderen Enten an – ihnen ging es genauso. Die allgemeine Verwirrung verwandelte sich in grenzenloses Erstaunen, als ein Schatten auf dem Boden erschien, ein Flattern ertönte und ein dicker gefiederter Ball unsanft landete.

»L… Linus?«, quakte Charlie ungläubig.

Der Erpel schnatterte bestens gelaunt vor sich hin, er war rund wie immer und sah kein bisschen tot aus. Linus hier statt im Magen des Fuchses? Mit offenen Schnäbeln hörten die Mitenten seiner Geschichte zu:

Nachdem Linus sich bei der Knusperkäferverfolgung fast selbst stranguliert hatte, lag er, dem Erstickungstod nah, am Baum, die Drahtschlinge noch immer ums Genick. Wie durch ein Wunder spazierte aber just zu dieser Stunde ein Lehrerehepaar mit seinen beiden Töchtern durch den Wald. Eines der Kinder fand die halbtote Ente, die Eltern waren flugs zur Stelle und pflückten das Tier vom Baum. Der Draht hatte bereits in Linus' Hals geschnitten und die Federn abgerissen – Spuren, auf die die Schar später gestoßen war. Das Ehepaar und die Kinder brachten den dicken Erpel zum Tierarzt, der die Wunde verband. Anschließend kümmerten sie sich zu Hause um ihn und fütterten ihn mit Nacktschnecken aus dem eigenen Garten. Nach einigen Tagen fühlte Linus sich kräftig genug, um abzuheben. Und da war er wieder.

»War was los? Hab ich etwas verpasst hier am See?«, fragte er. Die Enten schauten sich an, dann fasste Hennes das Wichtigste in einem Satz zusammen: »Nö. Waren keine Kekse in der Tasche.«

Inzwischen hatte Karla zu Ende geschimpft und wurde ruhiger. Sie holte Luft, warf einen Blick auf die versammelte Entenschar und winkte.

»Kommt, Federvieh, ich schmeiß 'ne Runde. Heute haben wir etwas zu feiern, da gibt's Brezeln, so viel ihr runterkriegt.«

Das ließen sich die Enten nicht zweimal sagen, glücklich watschelten sie hinterher. Die letzten Tage waren zwar mehr als komisch gewesen, doch grüne Seen, Fischkisten, versunkene Autos und brennende Boote verblassten angesichts einer unerschöpflichen Laugengebäck-Quelle zu Nebensächlichkeiten.

Die entelige Welt war wieder voll und ganz in Ordnung.

So zog das Schicksal seine Fäden wieder heraus aus Neukirchen. Eine Woche lang hatte es ebendiese Fäden geknüpft, gewoben, verknotet und wieder zerrissen, sodass Menschen mit Finger- und Enten mit Schnabelspitzengefühl alle Register ziehen mussten, um die Wirrungen aufzuklären. Nun konnte Neukirchen wieder entspannt in seine Mittelmäßigkeit zurücksinken, in der Falschparken, nachmittägliche Ruhestörungen und die Vernachlässigung der Anleinpflicht die gröbsten Vergehen darstellen.

Auch der Vorabendserien-Regisseur, der am Anfang der Geschichte Neukirchen als Drehort einer Seifenoper ins Spiel gebracht hatte, nickte zufrieden. Der Bösewicht bekam seine gerechte Strafe, die Helden überlebten, die Geheimnisse waren entschlüsselt. Ein Happy End wie in Hollywood.

Und damit war auch die menschliche Welt wieder voll und ganz in Ordnung.

Zehn Monate später

Eins – zwei – drei – vier – fünf – sechs. Alle da. Charlie hatte inzwischen Übung darin, durch rhythmisches Bauchwackeln zu erfühlen, ob alle sechs Eier unter ihr ordnungsgemäß im Nest lagen. Sie hob den Kopf und lugte über die halbhohen Halme hinweg, die ihr Gelege verbargen. In Sichtweite saß Lilli ebenfalls auf einem Nest, die kleine Ente schnarchte leise vor sich hin.

Charlie, Lilli und viele der gleichaltrigen Weibchen hatten ihr erstes Legejahr erreicht. Momentan waren sie noch entspannte Brutenten, das würde sich aber ändern, wenn der Nachwuchs erst einmal geschlüpft und für jeden Schabernack bereit sein würde. Doch schon das Eierlegen war eine aufregende Prozedur für die Jungenten gewesen, besonders Lilli hatte sich als Problemfall erwiesen. Bei jedem neuen Ei hatte sie hyperventiliert und musste abgelenkt werden, um nicht ohnmächtig aus dem Nest zu kippen.

Charlie versuchte, im Sitzen die Beine zu strecken, was allerdings nicht viel brachte. Brüten war eine todlangweilige Angelegenheit, ständig schliefen ihr dabei die Schwimmfüße ein. Sie beneidete Lilli, bei der gleich der gesamte Körper mitschlief.

Es raschelte, Hennes kam angewatschelt und schüttelte Wasser aus seinem Gefieder. Es hatte sich herausgestellt, dass seine erpeligen Aufmerksamkeiten tatsächlich so etwas wie ein schüchterner Liebesbeweis waren. Die Strategie, so unbeholfen sie auch war, hatte zum Erfolg geführt, er war der stolze Vater von Charlies Gelege. Mit dem Schnabel deutete er zum See.

»Noch immer nichts. Typisch Mensch – große Ankündigungen, und nichts passiert.«

Seit Monaten patrouillierten die Enten in regelmäßigen Abständen vor dem Bau von Familie Biberratte am Ostufer. Laut Karlas Ankündigung sollte dort eigentlich der dicke Klinkhammer-Mensch drinstecken und verschimmeln. Tat er aber nicht, nur die Biberratten wurden zunehmend nervös und fühlten sich beobachtet. Langsam, aber sicher kam die Schar zu dem Ergebnis, dass die Menschen ihre Angelegenheiten mal wieder nicht ordentlich zu Ende geführt hatten. So etwas gab es bei den Enten nicht.

Apropos ordentlich. Charlie beugte sich nach vorne und überprüfte den Zustand ihres Nestes. Als Erstlings-Mama war sie beim Bau ziemlich planlos vorgegangen, Hennes' altkluge Tipps hatten ihr kein bisschen weiterhelfen können. Zum Schluss hing die Konstruktion wie ein windschiefes Unkraut inmitten des Ufergrüns, aber immerhin, sie hielt. Charlie war sehr stolz. Ihr erstes Nest.

»Und? Hält gut?« Hennes beugte sich vor, ganz der besorgte Papa.

»Ja. Super, ehrlich.« Sie nickte geduldig. Der Erpel fragte jeden Tag mindestens zehnmal nach, ob mit dem Nest alles in Ordnung sei. Mehrmals hatte er Restaurationsversuche gestartet, dabei aber alles nur verschlimmbessert. Seitdem lag die Oberaufsicht über das Nest bei Charlie.

Der Bau des Nestes hatte die Jungente anfänglich vor fast unüberwindliche Hindernisse gestellt. Denn Enten pflegten ihre Nester üppig mit weichen Daunenfedern auszupolstern. Schon der Gedanke daran verursachte bei Charlie Schnabelkribbeln, weshalb sie lange über ein alternatives und daunenfreies Nestkonzept gegrübelt hatte. Die Lösung brachte schließlich Hennes in Form bunter, raschelnder Papierstücke – Menschengeld! Mit scharfem Schnabel in handliche Stücke gerissen und geschickt eingeflochten, erfüllten die Geldscheine ihren Zweck. Sie polsterten das Nest, hielten es trocken und wärmten das Gelege. Ein perfekter Daunenersatz.

Auf Charlies Drängen hin erzählte Hennes schließlich die Geschichte des Geldes. Das Ganze war nach dem Fund der Menschentasche passiert: Während Charlie gemeinsam mit Karla zur Promenade lief und auf die anderen Menschen wartete, stürzten sich die übrigen Enten auf die Tasche mit dem festen Vorsatz, das von Karla erwähnte »gefundene Fressen« zu kapern. Auf dem Weg in die tieferen Gefilde schnäbelten sie unzählige der bunten Scheine heraus. Um menschliche Verwirrung zu vermeiden, versteckten sie die farbigen Papiere in einiger Entfernung unter Laub und Erde, doch bevor sie die Tasche komplett leeren konnten, nahten bereits die Menschen. Die anschließende Taschenanalyse nährte ihre Kekshoffnung neu, doch bekanntermaßen stellte sich heraus, dass überhaupt nichts Fressbares darin war. Deshalb vergaßen die Enten die Scheinumbettung ziemlich rasch. Erst als eine Daunenalternative gefragt war, kam Hennes das versteckte Papier wieder in den Sinn. Und siehe da, sein Einfall funktionierte prächtig. Das Einzige, was Charlie missfiel, war die mangelnde Sauberkeit der Geldscheine. Sie waren allesamt abgegriffen und schmuddelig, sodass man sie erst gründlich im See wässern musste. Dabei hatte Klinkhammer das Geld doch angeblich gewaschen. Da sah man wieder einmal, was von Menschenarbeit zu halten war.

Hennes hatte inzwischen nachgebürzelt und erklärte sich bereit, auf das Nest aufzupassen, damit Charlie sich die Schwimmfüße vertreten konnte. Steif stakste sie zum Ufer. Der Neukirchener See lag ruhig im Sonnenlicht, die Schar gründelte vor sich hin und schnatterte Belanglosigkeiten.

Nach den Ereignissen im letzten Jahr lief inzwischen wieder alles seinen gewohnten Weg. Das grüne Ufer war noch immer grün, kein Mensch sprach mehr über Klinkhammers Bauprojekt. Martin hatte lange Gespräche mit den Stadtvertretern geführt, schließlich durfte er wieder an den See zurück und unterhielt die Enten weiterhin mit seinen Biologen-Späßen.

Sie revanchierten sich mit tollen Showeinlagen und Quakophonien in allen Tonlagen. Waldi war während der kalten Monate weg gewesen. Als er wiederkam, ging er wie zuvor seiner Arbeit im Bootshaus und im Restaurant nach. Auch Karla saß jeden Tag im Kiosk, Charlie konnte sie aus Brutgründen allerdings kaum besuchen und vermisste die Morgenbrezel sehr. Linus pickte sich entspannt durch die Neukirchener Spinnenpopulation, und auch der General war zufrieden, seit die Tasche mit den bunten Raschelscheinen verschwunden war und er wieder ungestört an seinem Stammplatz nächtigen konnte.

Charlie drehte eine kleine Runde, bis ihre Beine aufhörten zu kribbeln und das Blut zirkulierte. Auf dem Rückweg sah sie Eddie und Hennes quaken. Eddie als langjähriger Entenpapa konnte dem Jungerpel wertvolle Tipps geben. Die beiden standen zusammen wie Nachbarn am Gartenzaun und fachsimpelten über Staunässe im unteren Nestbereich.

Sie wandte sich ihren grün-weiß gesprenkelten Eiern zu. Die Aussicht auf weitere Sitzstunden erfüllte sie zwar nicht gerade mit Vorfreude, aber was wollte man machen. Fast hatte sie Platz genommen, da stockte sie mit einem Mal. Sie zählte, und sie zählte nochmals. Fünf, keine sechs. Ein Ei fehlte!

Sie eilte zu Hennes.

»Warst du die ganze Zeit am Nest? Hast du aufgepasst? Hast du etwas gemacht, etwas umgeräumt, oder bis du weg gewesen?«

Hennes, erschrocken von der Fragebatterie, schaute sich verwirrt um. »Eh, was, nö, ich, eh, also …«, er sammelte sich, »ich war hier nur ganz kurz mit Eddie wegen des Nässeproblems am Reden und ich …«

»Ein Ei fehlt!«, unterbrach Charlie ihn. »Jemand – oder etwas – hat ein Ei gestohlen.«

Erschrockene Stille herrschte, sogar Lilli erwachte aus ihrem Schlaf und machte große Augen.

Charlie merkte, wie sich wilde Entschlossenheit in ihr ausbreitete. Ein Gelegediebstahl – das klang nach einem neuen Abenteuer am Neukirchener See.

Die Enten waren bereit.

*Weitere Titel finden Sie auf den
folgenden Seiten und im Internet:*

WWW.GMEINER-VERLAG.DE

Unter **Quarantäne**

Helge Weichmann
Schandfieber
Kriminalroman
384 Seiten, 12 x 20 cm
Paperback
ISBN 978-3-8392-2333-8
€ 13,00 [D] / € 13,40 [A]

Die Historikerin Tinne gehört einem Forschungsprojekt an, das mittelalterliche Heilrezepte auf ihre heutige Wirksamkeit prüft. Bald schon laufen die Dinge aus dem Ruder: Eine Explosion verwüstet das Labor, einer der Forscher stirbt an Tollwut, Hunde und Katzen verschwinden von den Mainzer Straßen. Als schließlich eine Reliquie der Heiligen Hildegard von Bingen gestohlen wird, stoßen Tinne und der Lokalreporter Elvis auf ein gut gehütetes Geheimnis aus der Zeit der mystischen Ordensfrau. Doch damit werden sie von Jägern zu Gejagten …

GMEINER SPANNUNG

WWW.GMEINER-VERLAG.DE
Wir machen's spannend

Gefährliches Puzzle

© looky/clipdealer.com

Helge Weichmann
Schandglocke
Kriminalroman
370 Seiten, 12 x 20 cm
Paperback
ISBN 978-3-8392-2162-4
€ 13,00 [D] / € 13,40 [A]

Ein Geburtstagsbesuch entwickelt sich für die Historikerin Ernestine »Tinne« Nachtigall zu einer mittleren Katastrophe: Ihr ehemaliger Professor, an Demenz erkrankt, schreit wirre Halbsätze und kritzelt ein Symbol auf ihren Arm. Kurz darauf ist er tot, eingesponnen von Seilen und erhängt an einer Kirchenmauer. Tinne und der Lokalreporter Elvis machen sich auf Spurensuche, und plötzlich sind sie mittendrin in einem Puzzle, das zu Napoleons Zeiten seinen Anfang nahm. Doch das Rätsel, das sie zu lösen versuchen, ist heute noch so tödlich wie vor 200 Jahren.

GMEINER SPANNUNG

WWW.GMEINER-VERLAG.DE
Wir machen's spannend

Briefgeheimnis

Helge Weichmann
Schwarze Sonne Roter Hahn
Kriminalroman
313 Seiten, 12 x 20 cm
Paperback
ISBN 978-3-8392-2057-3
€ 12,99 [D] / € 13,40 [A]

Der Tod fährt eine reiche Ernte ein in dem beschaulichen Winzerdorf Gertelsheim. Hinter der gutbürgerlichen Fassade lauert eine Mischung aus alten Geheimnissen und neuen Verfehlungen, die in der Sommerhitze allmählich überkocht. Ein diabolischer Charakter hat die Dorfbewohner aufgestellt wie Schachfiguren und eröffnet eine Partie mit mörderischem Ausgang. Doch es gibt eine Gegenspielerin, mit der er am allerwenigsten gerechnet hat: Maja, die neue Briefträgerin.

GMEINER SPANNUNG

WWW.GMEINER-VERLAG.DE
Wir machen's spannend

Brennen soll sie!

© Helge Weichmann

Helge Weichmann
Schandkreuz
Kriminalroman
443 Seiten, 12 x 20 cm
Paperback
ISBN 978-3-8392-1859-4
€ 14,00 [D] / € 14,40 [A]

In Bodenheim bei Mainz wird ein uraltes Hexengrab gefunden. Durch ein Unwetter freigespült, zeichnen die Leichen einer verbrannten Frau und eines verstümmelten Kindes ein Bild des Grauens. Plötzlich versetzen nächtliche Bannzeichen, Opferrituale und ein grausamer Mord die Menschen in Angst und Schrecken. Ist der »Fluch der Hexe« neu erwacht? Einzig die Historikerin Tinne ahnt, dass die Knochen im Grab ein anderes, sehr viel schlimmeres Geheimnis hüten. Als sie endlich die Verbindung zwischen der Vergangenheit und der Gegenwart findet, ist ihre eigene Hinrichtung eine längst beschlossene Sache …

GMEINER SPANNUNG

WWW.GMEINER-VERLAG.DE
Wir machen's spannend

Helge Weichmann
Schandgold
Kriminalroman
472 Seiten, 12 x 20 cm
Paperback
ISBN 978-3-8392-1618-7
€ 14,00 [D] / € 14,40 [A]

Ein rätselhafter Brief führt die Historikerin Tinne und den Reporter Elvis kreuz und quer durch Oppenheim. Sie jagen einem Geheimnis nach – zwölf silbernen Apostelfiguren, die seit dem 30jährigen Krieg im Kellerlabyrinth unter der Stadt versteckt sein sollen. Doch dann überschlagen sich die Ereignisse: Ein Mordanschlag passiert, eine Mumie wird gefunden, schließlich geraten die beiden ins Visier einer Neonazi-Bande. Tinne und Elvis müssen erkennen: Sie sind in Wirklichkeit einem weit größeren Schatz auf die Spur gekommen – einem Schatz, den es eigentlich gar nicht geben dürfte …

GMEINER SPANNUNG

WWW.GMEINER-VERLAG.DE
Wir machen's spannend

Tod im Tunnel

Helge Weichmann
Schandgrab
Kriminalroman
439 Seiten, 12 x 20 cm
Paperback
ISBN 978-3-8392-1445-9
€ 12,99 [D] / € 13,40 [A]

Eine tote Wissenschaftlerin, Fachfrau für die Mainzer Stadtgeschichte. Ein Bilderdiebstahl im Landesmuseum. Eine Klosterhandschrift, die unbeachtet im Archiv schlummert. Die Historikerin Ernestine »Tinne« Nachtigall wird in den Strudel dieser Ereignisse hineingezogen, gerät erst unter Mordverdacht und schließlich in Lebensgefahr. Gemeinsam mit dem Lokalreporter Elvis setzt sie alle Hebel in Bewegung, um die Wahrheit zu finden. Die beiden kommen einem Geheimnis auf die Spur, das zurückreicht bis in die Zeit der Pestepidemien …

GMEINER SPANNUNG

WWW.GMEINER-VERLAG.DE
Wir machen's spannend

Birgit Hiefner-Konietzko
Kurpfalz
Lieblingsplätze
192 Seiten, 14 x 21 cm
Paperback
ISBN 978-3-8392-2385-7
€ 16,00 [D] / € 16,50 [A]

Erhabene Burgen und ehrwürdige Klöster, malerische Landschaften mit mildem Klima und mediterranen Genüssen. Das klingt nach Mittelitalien – ist aber Kurpfalz! Kein Wunder, dass es schon den Römern hier gefiel. Die historische Kulturregion, in der früher Könige Hof hielten und Kurfürsten residierten, lässt auch heute keine Wünsche offen. Hier kann man bei bestem regionalen Wein der Live-Musik des Heidelberger Frühlings lauschen oder bestaunen, wo Carl Benz das allererste Auto parkte. Und wer hätte gedacht, dass »Mannheimer Dreck« so köstlich schmeckt?

GMEINER KULTUR

WWW.GMEINER-VERLAG.DE
Mensch, Kultur, Region